LES ŒUVRES COMPLÈTES

de

Jules Renard

(1864 - 1910)

La Maîtresse

Typographie
FRANÇOIS BERNOUARD
73, Rue des Saints-Pères, 73
A PARIS

Pour Parler

I

Réticences

MAURICE

Comme je vous embrasserai!

BLANCHE

Mon pauvre ami, ce qui nous arrive me désole, et je jure que je ne m'y attendais pas. Je ne voyais en vous qu'un garçon bien élevé, bon danseur, causeur agréable, mais sceptique. Je me disais :

— Il n'aimera jamais personne.

Sans penser à mal, je vous demandais de me reconduire, et voici que, tout à coup, vous m'aimez, vous souffrez et vous me faites souffrir. Oh! je m'en veux. J'ai été imprudente. Comment sortir de là?

MAURICE

Nous sommes à peine entrés. Pourquoi vous débattre? C'est si simple, que vous m'aimiez et que je vous aime!

BLANCHE

D'abord, je n'ai pas dit que je vous aimais. Non, je

ne l'ai pas dit. J'ai seulement dit que vous me plaisiez autant qu'un autre.

MAURICE

Vous vous reprenez vainement, trop tard. Moi, je répète que je vous aime et vous aimerai autant que possible, tout mon saoul, et je vous défierai de rester froide. Comme vous devez être bonne à embrasser!

BLANCHE

Vous arrangez les choses tout seul. Mais rien n'est convenu. Si, pour ne point vous peiner, j'ai dit un mot de trop, je le regrette et vous fais mes excuses.

MAURICE

Je n'en veux pas. Je garde le mot de trop. Ne vous défendez donc plus. Ça froisse et on perd du temps.

BLANCHE

Je lutte encore. J'ai mes raisons. Vous êtes tellement jeune! plus jeune que moi. Quel âge avez-vous, au juste?

MAURICE

Un homme est toujours plus vieux qu'une femme.

BLANCHE

Vous m'aimez maintenant. Je le crois. J'admets que je vous aime. Ce sera sans doute un caprice pour vous, et pour moi toute une affaire grave. Combien de temps ça durera-t-il?

MAURICE

Vous désirez le savoir exactement, à une heure près?

BLANCHE

Plaisantez. Je ne ris pas. Il s'agit peut-être de ma dernière passion. J'ai le droit de réfléchir.

MAURICE

On dirait que vous parlez d'un embarquement. Chère belle femme, je vous aimerai dix ans ou dix jours, sans tenir compte des promesses. Certes, j'ai l'intention de vous aimer toute votre vie. Mais ça dépend beaucoup de vous. Rendez-moi heureux, au plus vite, tout de suite, et, si vous me rendez bien, bien heureux, je me laisserai retenir, et je prolongerai volontiers mon bonheur jusqu'à la mort.

BLANCHE

Quel malheur! Vous m'effrayez et vous m'attirez. J'en pleurerais. Qu'avais-je besoin de vous connaître? J'étais tranquille. Me voilà brisée.

MAURICE

Voulez-vous vous asseoir un peu?

BLANCHE

Croyez-vous qu'on puisse s'asseoir sans danger, sur un banc, à une heure du matin?

MAURICE

Nous ne ferons pas de bruit.

II

Le Nez du Gouvernement

Blanche s'assied, inquiète, et regarde autour d'elle. Personne. A peine assis, ils se sentent gênés. Maurice n'ose pas "toucher" déjà, en le faisant exprès. Les branches minces remuent dans l'air doux. On distingue là-bas des monuments de Paris.

BLANCHE

Oh! ces deux ombres! Allons-nous-en. Si elles nous attaquaient!...

MAURICE

Ce sont deux sergents de ville.

BLANCHE

Pourquoi s'approchent-ils?

MAURICE

Pour voir si nous nous endormons sur le banc.

BLANCHE

On n'a donc pas le droit de dormir sur un banc?

MAURICE

Non : ça fait du tort aux hôtels meublés et ça encourage l'assassinat.

BLANCHE

Marchons. Les deux ombres nous suivent-elles? J'ai peur du gouvernement.

MAURICE

Quelle idée! Vous connaissez le gouvernement?

BLANCHE

Qui sait? J'ai, comme tout le monde, des ennemis. L'un d'eux peut être intime avec le préfet de police et me faire espionner.

MAURICE

Vous dites cela sans rire. Vous n'êtes donc pas libre?

BLANCHE

Si, de cœur, mais ne m'aliénez point le gouvernement.

MAURICE

Entendu. Je comprends toutes les faiblesses. Où faut-il que je vous ramène?

BLANCHE

A ma porte, s'il vous plaît.

MAURICE

Encore un bout de promenade?

Blanche veut bien ; et ils tournent une fois de plus autour de la maison où elle habite. La régularité de leur marche permet à Maurice de "toucher" maintenant, sans qu'il y ait effronterie de sa part. Ils vont au pas, la jambe droite de Blanche collée à la jambe gauche de Maurice, au point

qu'un instant elles font frein, et qu'ils s'arrêtent, sou-
riants, les yeux dans les yeux, serrés, en effervescence,
tout raides.

III

Phénomènes connus

MAURICE.

Dites-moi que vous m'aimez.

BLANCHE

Oui, là, êtes-vous content?

MAURICE

Absolument, oh! absolument!

Maurice, accablé, soudain pressé d'être seul avec sa joie,
conduit Blanche en hâte vers la porte et tire violemment
la sonnette.

MAURICE

Quand vous reverrai-je?

BLANCHE

Je suis une femme franche, incapable de vous
tourmenter par coquetterie. Ces promenades de nuit
m'énervent et vous fatiguent. Accordez-m'en une
dernière demain soir, et nous les supprimerons.

MAURICE

Vous tenez beaucoup à la dernière?

BLANCHE

Beaucoup. J'ai plusieurs questions à vous poser
et quelques petites confidences à vous faire.

MAURICE

Si elles doivent m'attrister, j'aimerais autant ne
rien savoir. Vous seriez vilaine de me chagriner
pour votre plaisir. Les ennuis m'assomment. Evitez-
moi le plus de peine possible.

BLANCHE

Rassurez-vous. Je ne désire qu'une seule causerie amicale où s'allégeront votre cœur et le mien.

MAURICE

Ainsi, on se promènera encore demain soir. Et après?

BLANCHE

Après! vous êtes homme, mon ami; remplissez le rôle d'un homme. Je m'en rapporte à votre galanterie. Achevez discrètement les préparatifs suprêmes.

A ces mots la porte s'ouvre, puis se ferme, et Maurice reste dans la rue. Quand son amie est là, il l'aime sans pouvoir préciser de quelle sorte d'amour. Il la voit de trop près et se cogne, aveuglé, contre elle.

Mais, quand elle n'est pas là, il sait comment il l'aime.

Il meut, à sa volonté, l'image nette et pleine de Blanche qui, docile, recule, avance, et tourne, et luit d'un tel éclat que murs et trottoirs s'en illuminent.

Tandis qu'il s'éloigne, Blanche, qui glisse à son côté, embellit, devient meilleure et plus tendre. Ses yeux ne regardent que lui. Elle lui parle sans cesse, avec des mots également sonores, dont aucun ne choque, et ses lèvres ne font que sourire.

Pourtant, malgré le plaisir de goûter seul son sentiment, d'en jouir avec égoïsme, Maurice préférerait que son amie fût toujours là, à cause des légers profits.

La Veille

I

Le Cocher

Blanche et Maurice ont pris une voiture pour aller au Bois. Le cocher suit ses rues à lui. Fréquemment il descend de son siège, entre chez un marchand de vin et boit quelque chose sur le comptoir, sans se presser. Pleins d'indulgence, les amoureux l'attendent, et Blanche lui trouve une bonne tête. Qu'il ait sa joie ! Ils en ont tant !

Brusquement le cocher sangle de coups de fouet son cheval qui part, tête baissée, comme si la voiture courait à la bataille, culbuter des voitures ennemies.

MAURICE

Allez, cocher! Renversez, tuez des gens! Mon amie ne crie point. Elle m'a saisi la main, et, si nous nous appuyons du dos au fiacre pour le retenir, c'est machinalement, sans épouvante, car, à cette heure de notre vie, un accident ne peut pas, n'a pas le droit d'arriver.

Le fiacre franchit des obstacles, disperse des piétons aux épaules rondes, et les lumières, lancées comme des boules de feu, éclatent sur ses vitres et s'éteignent.

MAURICE

Qu'est-ce que cela nous fait? Nous en verrons d'autres.

Mais tout s'arrête. Le cocher ouvre la portière et dit : — Descendez.

MAURICE

Vous voulez que nous descendions?

LE COCHER

Oui, j'en ai assez, moi ; je ne bouge plus.

MAURICE

A la bonne heure! Vous parlez clair. Mais où sommes-nous?

LE COCHER

Dans du bois.

MAURICE

Dans du bois de Boulogne, sans doute?

LE COCHER

Ça se peut. Je m'en fiche. Videz les lieux.

BLANCHE

Ne le contrariez pas.

MAURICE

Je m'en garderais. Il me plaît, ce cocher carré. Homme d'action, veuillez accepter le prix mérité de votre course, avec ce modeste pourboire. Je vous gâte selon mes moyens. Éloignez-vous en paix, et au plaisir de recourir ensemble.

BLANCHE

Avez-vous retenu son numéro?

MAURICE

A quoi me servirait-il? Me croyez-vous offensé?

Près de vous, je supporterais toute injure, et demain j'aurai oublié. On respire.

BLANCHE

Oui, il fait léger. Mais où sommes-nous donc? Je ne me reconnais pas. On n'aperçoit que de rares lanternes.

MAURICE

Elles me semblent trop nombreuses. Je voudrais autour de vous une nuit sans étoiles où je ne verrais pas plus loin que votre profil.

BLANCHE

Je frissonne!

MAURICE

Ah! vous hésiteriez encore à me suivre au bout du monde. Mais Paris est là, derrière, distant d'une enjambée. Notre cocher délicat nous a posés dans un endroit choisi. Les cochers parisiens savent quel décor plaît aux amants.

II

Le Cocher, le même

BLANCHE

Qu'est-ce qu'on entend? Entendez-vous? On dirait un bœuf échappé!

En effet, un galop lourd frappe la terre. Leur cocher surgit devant eux, et, droit sur ses sabots, vilain à voir, il brandit son fouet et hurle:
— Il me faut encore vingt sous!

MAURICE

Il vous les faut absolument? Pourquoi?

LE COCHER

Fortifications.

MAURICE

C'est une raison. Je m'incline.

LE COCHER

Point de raisons. Dépêchons.

MAURICE

Et si je ne donne rien?

LE COCHER

Je tape.

MAURICE

Parfait. Les voilà, mon brave. Je n'ai rien à vous refuser. Vous ne m'ennuyez pas comme vous l'espérez. Je jure qu'aujourd'hui personne ne se vantera de me démonter.

BLANCHE

Il s'éloigne en ricanant. Vrai! quelle succession d'incidents ridicules! J'ai le cœur à l'envers. Dieu, que cet homme est bête!

MAURICE

Pas si bête. Plutôt sûr de ses droits et un peu vif. Je lui pardonne. Je pardonnerais au criminel rouge de mon sang. Une bonté intarissable ne vous gonfle-t-elle pas comme moi?

BLANCHE

Ma foi, non. Ma promenade est gâtée.

MAURICE

Otez-en les taches et savourez ce qui reste de délicieux. Moi, je serrerais dans mes bras la nature entière.

BLANCHE

Je ne me sens plus en train. Je me promettais de l'agrément. Mais, cette nuit où nous marchons à tâtons, ces bruits confus qui montent de partout et ces ombres murmurantes qui se croisent, tout m'agace.

MAURICE

Voyons, ma chère Blanche.

III

Échange de petits noms

BLANCHE

Tiens, pourquoi m'appelez-vous Blanche? Ce n'est pas mon petit nom. Je m'appelle...

MAURICE

Chut! Je veux vous donner ce nom de Blanche précisément parce qu'il ne vous a jamais servi et qu'il vous viendra de moi.

BLANCHE

Quelle cocasserie! Souvent il me semblera que c'est à une autre que vous parlez.

MAURICE

Je dirai le nom de si près que vous ne vous y tromperez pas.

BLANCHE

Au moins, ce nom nouveau pour moi, l'est-il pour vous?

MAURICE

Méchante! Faut-il que j'en cherche un autre?

BLANCHE

Inutile. Il me va. Mais pourquoi lui plutôt que Madeleine, par exemple? Où l'avez-vous pris?

MAURICE

C'est un nom tombé du ciel de là-haut dans notre ciel d'ici-bas.

BLANCHE

Ah! vous me paraissez un fier original.

Enfin, je tâcherai de mettre mon vrai nom dans

ma poche et mon mouchoir, avec une corne, par-dessus. Quand j'attendrai votre visite, je me répé-terai, ainsi que les enfants qui craignent d'oublier une commission : Je m'appelle Blanche, je m'appelle Blanche, je m'appelle Blanche.

Mais cessons ces gamineries et parlons sérieusement.

MAURICE

Laissez-moi m'installer auparavant. Donnez votre main droite dans ma main droite et ne vous occupez point de ce que fera ma main gauche. Elle soutiendra votre taille ; elle se distraira, et, quand vous me direz des mots cruels, par ses trouvailles de voyageuse elle me consolera.

BLANCHE

Écoutez-moi attentivement, Maurice.

MAURICE

Vous vous en tenez à Maurice ?

BLANCHE

Oh ! Je n'ai pas votre imagination. J'aime autant ce nom qu'un autre.

MAURICE

Il y a une foule de choses que vous aimez " au-tant qu'une autre ".

BLANCHE

Si vous continuez, je m'en vais.

MAURICE

Pardon ! Je tremble à mon tour. Qu'allez-vous me dire ?

IV

Avant tout, la Paix

BLANCHE

Voici. Je veux bien vous aimer, quelque temps,

longtemps, oui, toujours. Je consens à devenir
votre maîtresse, une excellente maîtresse, mais je ne
serai pas heureuse si je ne suis pas tranquille. Promettez-moi de m'aimer paisiblement, ou rompons
tout de suite. Je me connais : à la première dispute,
vous me sembleriez étranger. Il y va de ma santé.
Mon médecin m'ordonne le repos. Au moindre trouble, je ne mange plus, et j'ai des migraines tellement
violentes que j'évite jusqu'à la chaleur du lit. Bref,
plutôt que d'aimer et d'être aimée en état de guerre,
je préfère ne pas être aimée et ne pas aimer.

MAURICE

Je partage vos goûts, Blanche. Je ne prévois d'ailleurs aucun motif de scène entre nous.

BLANCHE

Erreur. Il y en a. Comme vous êtes jeune! Il y a
d'abord mon passé. L'acceptez-vous?

V

Le Passé

MAURICE

Je ne le connais point, mais je l'accepte les yeux
fermés, s'il n'empiète pas sur le présent.

BLANCHE

Il ressemble à la moyenne des passés. J'étais libre
d'avoir des affections. J'en ai eu, sans me priver.

MAURICE

Combien, à peu près?

BLANCHE

Je ne sais pas, trois ou quatre. La dernière seule
doit compter.

MAURICE

Elle compte toujours?

BLANCHE

Non, il a mal agi. Je ne l'aime plus.

MAURICE

Depuis quand?

BLANCHE

Depuis longtemps, quoique je vienne seulement de casser la corde usée. Il est parti. Il peut tenter de reprendre sa place, mais il l'a perdue définitivement. S'il ne se conduisait pas en galant homme, auriez-vous l'énergie de le mépriser? Ah! vous détournez la tête.

MAURICE

Je cherche une bouffée d'air pur.

BLANCHE

Mon ami, il est encore temps. Voulez-vous que nous nous serrions la main, en camarades, pour nous séparer?

MAURICE

En vérité, l'étalage de votre franchise me stupéfie. Faut-il donc vous confesser?

BLANCHE

Il le faut, afin que plus tard vous ne multipliiez pas vos questions. Les amants quittés se vengent sans le savoir. Ils ne nous tirent point par les pieds, mais nous les tirons nous-mêmes de l'oubli et les excitons à nous tourmenter. Je veux votre serment. Vous ne me parlerez jamais de ce monsieur?

MAURICE

Jamais. Pour l'instant, qu'il se dispense de nous déranger.

BLANCHE

Vous êtes fort à l'épée?

MAURICE

J'en ai fait, comme tout le monde, au régiment.

BLANCHE

Vous me rassurez. Et que craindrions-nous? L'homme qui se conduit mal avec une femme est un lâche. Ne pensons plus au monsieur.

MAURICE

Je ne demande pas mieux. Est-ce tout? Puis-je commencer de vous baiser les cheveux?

BLANCHE

Attendez.

MAURICE

Ah! femme méticuleuse, vous gardez votre tête quand vous prêtez votre cœur.

VI

D'où vient l'argent

BLANCHE

Maurice, on ne vit pas de l'air du temps.

MAURICE

Blanche, les nations l'affirment.

BLANCHE

Elles disent aussi : Une chaumière et un cœur. Or, j'accepte le cœur, je refuse la chaumière. Donnez-moi un palais, si vous pouvez, tout au moins un logement confortable. La misère m'épouvante. Je ne sais rien faire de mes dix doigts que des caresses, et je ne mange avec appétit que le pain tout trouvé. Je veux être garantie longtemps d'avance contre la faim à venir, et je m'imagine pas de plus cruelles tortures que celles de l'estomac. Certes, je goûte la belle poésie à mes moments perdus, mais il me faut quelques heures par jour de prose fortifiante.

MAURICE

Et vous vous sentez incapable de supporter la pauvreté avec moi?

BLANCHE

Incapable. Ne vous mettez pas dans la tête des idées de l'autre monde. Restons sur celui-ci. Vos discours élevés ne me feraient point sourire au malheur. Je suis une pauvre femme paresseuse, et depuis mon âge le plus tendre je n'ai manqué de rien. Gardez-vous de compter sur ma vaillance en cas d'infortune. D'ailleurs je n'exige que le nécessaire.

MAURICE

Blanche, vous l'aurez. Un doute m'offenserait.

BLANCHE

Vous savez bien que vous n'êtes pas riche.

MAURICE

Je gagnerai ma vie. J'utiliserai mon instruction, évidemment reçue dans ce but.

BLANCHE

Loin de moi la pensée de vous décourager, mon ami. Mettez-vous à la besogne. Embrassez des carrières. Un homme s'arrange toujours. Gagnez votre vie. Mais qui gagnera la mienne?

MAURICE

Dame! nous partagerons.

BLANCHE

Nous partagerons vos deux mille quatre! Généreux Maurice! Je touche à cette question brûlante parce que je suis plus raisonnable que vous. A l'instant vous le disiez : j'ai de l'ordre. Mes précautions sont prises et ma vie gagnée. Ne vous occupez que de la vôtre. Seulement, il me fallait encore, quitte à blesser votre amour-propre, écarter ce second motif de guerre. Soyez sage. Faites un nouvel effort et promettez-moi de ne jamais me demander *d'où vient l'argent.*

MAURICE

C'est drôle. Je voudrais m'indigner et je ne peux pas. Vous me désarçonnez.

BLANCHE

Mon ami, vous vous lamenteriez plus tard. Mieux vaut en finir. Ces aiguilles, que j'ai l'air de vous enfoncer par méchanceté dans la chair, s'y dissoudront à votre insu. Il paraît que même physiquement ça peut arriver.

MAURICE

Sans doute que pour y aider vous me donnerez de l'argent!

BLANCHE

Oh! les bêtises recommencent! De grâce, ménagez vos sarcasmes. A quoi vous sert d'être intelligent, si vous ne comprenez pas la vie? Je ne vous donnerai rien et vous ne me donnerez rien. Parfois, vous me ferez cadeau du chiffon qui me plaira. Ce sera bien plus gentil. Je me charge du reste.

MAURICE

Enfin, si je ne paie ce reste, qui le paiera?

BLANCHE

De quoi vous mêlez-vous? Qui m'empêche d'avoir de la famille, une tante et même des rentes?

MAURICE

Ou un autre amant.

BLANCHE

Ou un autre amant, comme vous dites. Croyez-le, ne le croyez pas, et décidez. Allez-vous-en ou restez. J'abandonne maintenant le droit de vous retenir pour garder celui de dédaigner ensuite tout reproche. Je me suis mise à l'abri du besoin. Comment? Je ne

dois de compte à personne. Vous criez haut votre
indépendance, et un faible courant d'air vous enroue.
Moins vous avez d'argent, les hommes, plus l'argent
vous domine. Les femmes en veulent, en trouvent
et s'en moquent.

MAURICE

Quant à ma dignité, à mon honneur...

BLANCHE

L'honneur de qui? Le vôtre ou le mien? Lequel
des deux, je vous prie, court, en ce moment, le plus
grand risque? Les deux se valent. J'immole ma part
sans tant de regrets. Imitez-moi. Vous voulez être
aimé: méritez qu'on vous aime.

MAURICE

Tenez, Blanche, vous feriez mieux d'ouvrir votre
corsage. J'y coucherais ma tête. Le parfum de votre
peau me griserait et je perdrais insensiblement la
notion des nuances.

BLANCHE

Voilà, mon ami, respirez.

VI

La question des enfants

MAURICE

Je relève une tête ivre et lourde, Blanche. Vous
pouvez me demander d'autres sacrifices.

BLANCHE

Je cesse de vous affliger, Maurice. Il ne reste qu'un
détail sans importance à régler. Il est bien entendu
que nous n'aurons pas d'enfants.

MAURICE

Comme il vous plaira, Blanche. Moi, je n'y tiens

guère. D'ailleurs, si vous changez d'avis plus tard, il sera toujours temps. Jeunes et sains, nous aurons des enfants quand nous voudrons.

BLANCHE

Sûrement, mais je n'en voudrai point. On lit l'honnêteté sur votre visage. Vous ne manqueriez pas à votre devoir, et, si j'étais rusée, je vous attacherais à moi pour la vie, avec un enfant. Ce moyen me répugne, et puis ça abîme trop.

MAURICE

Bon, je n'insiste plus. Je vous le répète: ça m'est égal.

BLANCHE

Nous n'aurons donc jamais d'enfants. Mais les plus malins se trompent. Comment vous y prendrez-vous?

MAURICE

Ne vous inquiétez point Le progrès n'est pas un vain mot. La science a marché.

BLANCHE

Vous en savez plus long que moi, pauvre ignorante. Je me livre à vos soins dévoués. Mais je vous préviens que, si vous vous trompez, au premier symptôme, je risque un accident, la mort même.

MAURICE

Nous n'en viendrons pas là, ou je serais fort étonné.

BLANCHE

Ne négligez aucune précaution.

MAURICE

Je réponds de tout.

BLANCHE

Ouf! j'ai fini. Quelle heure est-il?

MAURICE

Attendez que j'allume une allumette. Onze heures.

BLANCHE

Comme je bavarde! Nous marchons depuis longtemps. Nous avons dû faire beaucoup de chemin.

MAURICE

Oui, en rond. Nous tournons autour d'un bouquet
d'arbres.

BLANCHE

Puisqu'on ne voit rien, inutile d'avancer, et il
vaut mieux ne pas s'égarer, bien que je n'aie plus
peur. Moi qui déteste la marche, à votre bras, cher
Maurice, je ne sens aucune fatigue. Ma confession
me soulage et diminue le poids de mon corps. C'est
curieux, comme le moral influe sur le physique.

MAURICE

Et réciproquement.

VIII

Scrupules

BLANCHE

Désormais, Maurice, nous n'aurions qu'à nous
aimer sans arrière-pensée. Ne vous faites-vous pas
trop d'illusions? Je n'ai plus vingt ans. Oh! que ne
me connaissiez-vous à cet âge! J'étais une belle
fille, élastique et neuve, et prête à concourir avec des
chances de remporter le prix. Hélas! je crains d'avoir
un peu perdu.

MAURICE

Vous vous calomniez, Blanche. Nous verrons
bien.

BLANCHE

Quand vous m'examinez d'un œil scrutateur, je
me sens mal à l'aise. Je me figure qu'au travers de

mes vêtements vous m'étudiez portion par portion.

MAURICE

Si vous le désirez, je me précipiterai les yeux bouchés.

BLANCHE

Un homme est assez beau, pourvu qu'il ait tous ses membres, et son regard change en ornière une ride de femme. J'en avoue plus d'une. Ne me supposez point parfaite.

MAURICE

Vous vous noircissez en vain. Je vous devine irréprochable, et je n'arrive pas à croire que vous faites déjà des plis.

BLANCHE

Moi, non, mais (et je ne dis pas cela pour dire des énormités,) une de mes amies a comme un tablier de cuir au bas du ventre. Enfin, si vous êtes un peu déçu, dissimulez-le généreusement.

MAURICE

Voulez-vous vous taire, coquette! Ou parlez-vous de la sorte, afin qu'à mon tour je réclame votre indulgence, car la surexcitation où vous m'avez amené m'épuise! Naturellement, je passe presque toutes mes nuits blanches. Quel amoureux y résisterait? Je n'ai rien d'un bœuf en fonte. Le moment venu, me conduirai-je comme un autre homme? Serai-je à la hauteur?

BLANCHE

Ah! ah! laissez-moi rire de bon cœur, Maurice. Ces petites transes nous honorent l'un et l'autre. Elles prouvent notre loyauté. De cette façon aucun des deux ne sera volé. Quelle chance de pouvoir s'entendre! Les autres ne s'entendent pas comme nous.

MAURICE

Aussi, que de mauvais ménages!

BLANCHE

Maurice, je te récompenserai.

MAURICE

Elle est gentille, gentille, gentille...

IX

L'Alerte

Maurice ne dit pas ces mots pour la flatter, car, depuis un instant, il ne l'écoute plus. Il écoute des feuilles qui semblent régler leur froissement sur sa marche. Elles se taisent quand il s'arrête, et, quand il repart, aussitôt elles craquent.

C'est sûr que quelqu'un de mal intentionné suit le couple à travers les arbres, en se cachant. Et Blanche qui, tout à l'heure, s'effrayait sans raison, parle haut maintenant, laisse éclater une joie innocente, ne soupçonne rien et gourmande Maurice.

BLANCHE

Qu'avez-vous qui vous absorbe?

MAURICE

Ne vous occupez pas de moi. Continuez de parler.

BLANCHE

J'ai même envie de chanter, mais accompagnez-moi.

MAURICE

Ah! taisez-vous donc!

BLANCHE

Vous m'écrasez le poignet. Mon Dieu! que se passe-t-il?

Il se passe que des branches déplacées ont fouetté le visage de Maurice et qu'un ennemi va s'élancer des arbres. Maurice tire son couteau, le brandit, et s'écrie d'une voix frémissante : — Qui va là ? Qui va là ?

BLANCHE

Il est fou! Le voilà fou! Lâchez-moi! Ne me tuez pas! Au secours!

MAURICE

Arrêtez-vous, madame. Où fuyez-vous? Restez près de moi afin que je vous protège.

BLANCHE

Monsieur, fermez d'abord votre couteau et rentrez-le. Qu'y a-t-il? Qu'avez-vous vu?

MAURICE

Je n'ai rien vu. J'ai deviné qu'un rôdeur nous épiait, nous suivait pas à pas, pour nous voler, sans doute, tandis que nous causions intimement. J'ai crié quand je l'ai senti trop près. Il s'est sauvé.

BLANCHE

Bien vrai? Ce n'était pas sur moi que vous leviez votre couteau?

MAURICE

Bon! vous me preniez pour un assassin.

BLANCHE

Oh! j'ai cru que vous perdiez la raison et que ma dernière heure sonnait. Vous aviez une attitude terrible. Des yeux flamboyants vous sortaient de la tête et votre couteau projetait des éclairs.

MAURICE

A ce point? Je comprends que le rôdeur ait disparu.

BLANCHE

Mon ami, ce n'est pas un rôdeur : c'est le gouvernement.

MAURICE

Encore?

BLANCHE

Oui, oui. Cette fois, c'est lui.

MAURICE

A votre tour, vous déraisonnez. Qu'entendez-vous par ce gouvernement flairant notre piste, à cette heure, en pareil lieu?

BLANCHE

Je vous dis que c'est lui. Courons du côté des lumières.

MAURICE

Vous attraperez du mal. Vos joues sont moites. Vous tremblez sur vos jambes. Ralentissons. Je vous affirme que le gouvernement dort et que le rôdeur est loin. Il n'y a plus aucun danger. J'ai été volé cent fois ainsi. On cause, on s'assied, et, doucement, une main se glisse dans votre poche, retire un porte-monnaie et s'esquive.

A part ça, les rôdeurs sont de braves gens et ne tuent personne. La série d'incidents ridicules continue. Espérons qu'elle touche à sa fin et calmez-vous.

BLANCHE

C'est vous qui m'avez entraînée dans ce bois. Je jure bien de n'y plus revenir.

MAURICE

Je suis d'avis qu'il vaudrait mieux rester chez nous.

BLANCHE

Chacun chez soi. J'éviterais ces sottes émotions qui me vieillissent.

MAURICE

Heureusement, nous voici au milieu des lumières. Elles emplissent nos yeux et nos cœurs. Elles nous raniment. Ne demeurez pas défiante. Souriez.

BLANCHE

Oui, je sourirai, dans un instant. L'effet de la secousse persiste. Savez-vous que, pour vous échapper, j'ai sauté des bancs, troué des broussailles, bondi par-dessus un tronc d'arbre abattu? Je ne me croyais plus si leste et je m'étonne d'être vivante; laissez-moi souffler, laissez-moi avoir peur encore un petit peu.

Le Contact

I

Inventaire

Rouge sous sa voilette comme la doublure du petit sac qu'elle porte à la main, Blanche entre dans la chambre de Maurice.

BLANCHE

Ah! il faut vous aimer! J'ai cru que le patron de l'hôtel allait m'arrêter quand je suis passée devant la loge, sans rien dire. Dans le couloir, je marchais comme au bord d'un trou. Les numéros ne se suivent pas, et mes gants frottés contre le mur sont pleins de crasse.

MAURICE

Chère amie! De temps en temps j'ouvrais la porte pour vous guetter, vous prendre par la main. Je venais de la fermer. Je ne vous entendais pas. Vous marchiez si doucement! Enfin, je vous ai manquée. C'est toujours ainsi que ça se passe. Mais vous voilà. Défaites-vous. Otez votre manteau, votre chapeau. Comment vous portez-vous? Avez-vous froid! Voulez-vous que j'allume du feu? Il est tout prêt. Je n'ai qu'à mettre une allumette.

BLANCHE

Oh! non, j'étouffe assez.

MAURICE

Voulez-vous prendre quelque chose, un verre d'eau sucrée avec du cognac dedans?

BLANCHE

Non, je n'ai pas soif. Je voudrais seulement m'asseoir.

MAURICE

Tenez, dans mon fauteuil. Vous serez mieux que sur une chaise. Vous regardez ma chambre?

BLANCHE

Oui. Elle paraît un peu petite.

MAURICE

Pour trente francs par mois, dans ce quartier, c'est tout ce qu'on trouve : une table, deux chaises, un lit. Le lit est très bon.

BLANCHE

Jamais je n'avais vu une chambre de garçon. C'est drôle.

MAURICE

C'est drôle à voir une fois. On s'y habitue.

BLANCHE

Les dessins de vos rideaux me réjouissent. Là, on dirait un homme qui bêche.

MAURICE

Vous vous trompez. Il passe une rivière, dans un bateau. La bêche, c'est un bateau.

BLANCHE

Je distingue mal. J'ai trop chaud. J'ai de la buée sur les yeux. Votre pendule va bien?

MAURICE

Elle n'est pas à moi. Elle appartient à l'hôtel, et elle va quand je la remonte, rarement. Elle marcherait, si je voulais, mais son tic-tac m'étourdit. Il me semble être en moi, partir de mon cœur, comme si j'avais une forte fièvre.

BLANCHE

Cette porte donne dans votre cabinet de toilette?

MAURICE

Non, elle donne dans la chambre de mon voisin, ou plutôt de mes voisins, car j'en ai un nouveau presque chaque nuit. La chambre n'est pas louée au mois. Cela a son bon et son mauvais côté. En général, mes voisins tantôt sont tranquilles, et tantôt font du bruit, ce qui donne une moyenne supportable. Au contraire, si j'avais un voisin inamovible, nous chercherions sans doute à nous lier, et on ne sait jamais sur qui on tombe. Je préfère ma solitude. Quant à mon cabinet de toilette, il est dans ce coin, le long du mur, derrière la chaise. On change la serviette à ma discrétion.

BLANCHE

Et les autres?

MAURICE

Sur le palier, communs à l'étage. Il suffit de pousser.

BLANCHE

Bien tenus?

MAURICE

Aucun excès. Comme pour la surveillance des squares, on s'en rapporte au public. Du reste, j'y fréquente peu. Dans le jour, j'ai le café, le restaurant, les maisons d'amis où l'on m'invite à dîner, et, dans la nuit, je ne me dérange jamais.

BLANCHE

Vous pourriez être malade.

MAURICE

Je n'y tiens guère.

BLANCHE

Personne n'y tient.

MAURICE

J'aurais l'hôpital.

BLANCHE

Ne prononcez pas ce mot. Il sent la farine de lin. On sait quand on entre à l'hôpital, on ne sait plus quand on en sort. Ainsi, aucune parente ne vous soignerait dans votre chambre, ni une mère, ni une sœur. Je suis contente qu'on me laisse ce beau rôle. Je ne vous abandonnerai pas, moi, et j'ai la réputation d'une patiente garde-malade, douce pour ceux que j'aime, s'entend, car les autres me dégoûtent.

MAURICE

Vous êtes une charmante femme, Blanche, et, si j'ai quelque petite maladie à faire, je tâcherai de profiter du temps que durera notre amour.

BLANCHE

Toujours, Maurice, toujours.

II

La Patronne

BLANCHE

Vous n'avez jamais reçu de femme ici?

MAURICE

Blanche, vous êtes la première. La patronne

même de l'hôtel n'y entre que pour le service. Quand elle m'aime, elle reste discrètement dehors. Voici comment les choses se passent : Je sais que son mari est parti. Je prends un livre, de préférence un livre de vers, sinon un livre de prose que je découpe en tranches minces, et je déclame avec des éclats de voix espacés, comme si je rencontrais régulièrement une fève. Le résultat ne se fait pas attendre. La patronne monte les escaliers, s'assied sur la dernière marche et m'écoute.

Et je l'entends dire :

— C'est moi qui voudrais avoir un petit mari comme ça!

Elle le dit gentiment, sans amertume, sans se plaindre d'une union mal assortie. De mon côté, je ne l'encourage pas vers l'adultère. Quand je veux qu'elle redescende, je cesse de déclamer, à moins qu'un voyageur importuné ne m'arrête en frappant du bout de sa canne le plancher où je trépigne et que j'ébranle.

L'enchantement se brise comme cristal. La patronne retourne à sa loge. Je ferme un livre que je je n'ai jamais pu finir. Le silence retombe et tout rentre dans l'ordre.

BLANCHE

Que les hommes sont fats! Mes compliments pour votre conquête.

MAURICE

Je ne m'en vante point, mais elle en vaut une autre. D'où qu'ils viennent, les témoignages de sympathie flattent ma vanité. On ne s'offre pas tous les jours des femmes comme vous. J'ai pour principe de rester bien avec mes propriétaires. Une fois par mois la patronne donne un coup d'œil dans ma chambre et l'enjolive. Je dois à son amabilité ces rideaux où un homme bêche au moyen d'une barque.

BLANCHE

Et vous lui devez sans doute ces roses sur la cheminée?

MAURICE

Soyez donc aimable. Je les ai achetées ce matin, en votre honneur, madame.

BLANCHE

Merci, Maurice. Au fond, vous êtes exquis. Elles sentent fort bon.

MAURICE

J'en garantis la fraîcheur. Quoique d'une espèce commune, elles durent longtemps si l'on prend soin de renouveler l'eau du pot.

BLANCHE

Le pot vous appartient?

MAURICE

Ah! non. Tout de même, j'ai meilleur goût. Quelle horreur, hein? Je le livre à vos railleries.

BLANCHE

Certes, le contenant ne correspond guère au contenu. Mais ce pot n'eſt pas vilain: il eſt plutôt bizarre.

MAURICE

Votre indulgence transforme tout de ma petite mansarde.

BLANCHE

Au contraire, Maurice: elle m'a plu dès mon entrée. Et nous sommes bien dans une vraie mansarde, n'eſt-ce pas? au sens exaɗ du mot; et je pourrai dire maintenant: J'ai vu une mansarde; je sais ce qu'on appelle une mansarde, et j'y ai dormi.

III
La Toilette

MAURICE

Blanche, n'avons-nous pas assez causé? Si nous nous couchions?

BLANCHE

Maurice, un petit moment.

MAURICE

Dans ce petit moment perdu, nous pourrions mettre une éternité remplie d'un bout à l'autre.

BLANCHE

Une minute. C'est si doux d'échanger nos idées et de rapprocher bord à bord nos cœurs!

MAURICE

Mais nous ne savons plus que dire, et la chute des paroles ressemble à celle des feuilles mortes sur l'eau plate comme un papier glacé, quand il ne fait pas un souffle de vent. Chère Blanche, déjà la flamme de la bougie chauffe la bobèche. Couchons-nous, veux-tu?

BLANCHE

Quel ennui que vous n'ayez point de cabinet de toilette!

MAURICE

Voulez-vous que je me tourne contre le mur?

BLANCHE

Oui, là. Je n'oserais jamais me déshabiller devant vous.

MAURICE

Capricieuse!

BLANCHE

Pour cette fois obéissez, et cachez-vous au creux de la fenêtre.

MAURICE

Comme ceci. Par les fentes des persiennes j'apercevrai peut-être, en guise d'étoile, la lampe d'une servante attardée dans sa cuisine.

BLANCHE

Votre fenêtre ouvre donc sur la cour?

MAURICE

Toutes les fenêtres des mansardes sérieuses ouvrent sur la cour. Sans ce gros pâté de maisons, on aurait une belle vue, sur l'autre rue.

BLANCHE

Vous trichez. Ne regardez pas, il est trop tôt.

MAURICE

Quelle femme! Pardon, je ne recommencerai plus, et, consciencieusement, je laboure la vitre avec mon nez.

BLANCHE

Cette eau, dès qu'on la verse, fait un bruit d'enfer.

MAURICE

Avez-vous fini? Je n'entends plus rien. Est-ce que vous faites votre prière?

BLANCHE

Ne plaisantez pas avec les choses sacrées, vous me froisseriez beaucoup. Quand j'aurai fini, je tousserai.

MAURICE

Je grille, Blanche. J'aurais dû vous dévêtir moi-même. Je suis plus adroit que vous.

BLANCHE

Patientez jusqu'au bout, ou je me rhabille. Seigneur! Que votre lit est haut! Il touche le plafond.

MAURICE

Voulez-vous que je vous prête ma courte échelle?

BLANCHE

Merci. La table suffira.

MAURICE

Vous y êtes? Une, deux, trois.

BLANCHE

Comptez jusqu'à trente.

MAURICE

Ah! tant pis, je fais demi-tour. Mais si, vous y étiez. Du moins, peu s'en fallait. Je n'ai vu qu'un pied.

BLANCHE

Riez, riez, cher et honnête garçon. Je vous suis reconnaissante de vos menues délicatesses. Elles m'émeuvent, et vous n'aurez pas affaire à une ingrate. Maurice, je vous attends.

MAURICE

A mon tour d'enlever mes voiles. Vous m'avez communiqué votre pudeur, et je cherche la façon de m'y prendre pour ôter, sans vous paraître grotesque à travers le rideau, ma culotte.

BLANCHE

Je ferme les yeux.

MAURICE

Ouvrez-les, au contraire, ouvrez-les tout grands. Je ne porte point de flanelle, et, d'aspect ni trop, ni trop peu engageant, quand on ne considère que l'extérieur, je gagne beaucoup si l'on passe outre, et je fais la volte si l'on touche.

BLANCHE

On n'est jamais mieux loué que par soi-même. Pourquoi ouvrez-vous la porte?

MAURICE

Pour mettre nos bottines sur le paillasson.

BLANCHE

Les miennes aussi?

MAURICE

Aussi. Je ne suppose point que vous ayez l'in-

tention de vous faire cirer demain matin, au coin de
la rue, comme si vous veniez de passer la nuit dehors,
en province.

BLANCHE

Que dira le garçon?

MAURICE

Il dira : Mon Dieu, accordez-moi la grâce de
cirer chaque matin et de faire brillamment reluire ces
bottines odorantes.

BLANCHE

Grand bête!

MAURICE

Bonjour.

BLANCHE

Bonjour. Tu ne souffles pas?

MAURICE

Non, je veux te voir, toute.

IV

L'Ami Osoir

BLANCHE

Maurice, on monte.

MAURICE

Chère Blanche, s'il te plaît, occupons-nous de nos
affaires.

BLANCHE

Maurice, entendez-vous? On frappe.

MAURICE

Qui peut venir à cette heure?

BLANCHE

Mon Dieu! Si on entrait!

MAURICE

Impossible, Blanche. J'ai donné deux tours de clef et j'ai poussé le verrou.

BLANCHE

On cogne de plus en plus fort. Je me cache sous les draps.

MAURICE

Je vais dire à cet animal qu'il s'en aille.

BLANCHE

Maurice, ne parlez pas, ne me compromettez pas, je vous en supplie. Si quelqu'un me savait ici, je serais perdue.

MAURICE

Je reconnais le coup de poing d'Osoir, un ami intime et discret, mais têtu, je vous préviens. Il vaudrait mieux le mettre au courant.

BLANCHE

Maurice, si vous dites un mot, je me jette par la fenêtre.

MAURICE

Bravo! Voilà une idée ingénieuse qui vous classe honorablement parmi les personnes de sang-froid, chère folle.

BLANCHE

Je suis folle. Mais, pour l'amour de moi, Maurice, taisez-vous.

MAURICE

Je me tais. Posez votre main sur ma bouche et que l'ami Osoir démolisse, s'il veut, la maison.

OSOIR

Ouvre donc, Maurice. Dors-tu? Fais-tu le sourd? Tu es rentré, puisque tes bottines sont là.

BLANCHE

Il écrase nos bottines, les bottines indicatrices.

MAURICE

Ça n'a point d'importance. D'abord, je peux très bien, sans qu'on me traite de banquier, posséder deux paires de bottines. Ensuite le couloir est si mal éclairé qu'Osoir ne distingue pas les vôtres des miennes.

BLANCHE

Chut! plus bas!

OSOIR

Que c'est fort, de faire poser les gens! Si tu es couché, relève-toi. Il patouille dans la rue à ne pas mettre son chien dehors. Il pleut comme du chien et je suis trempé comme un chien. Ouvre donc.

MAURICE, *bas*.

Je t'écoute, pour que toute ta meute s'égoutte sur notre descente de lit!

OSOIR

Ouvre, ou j'enfonce la porte et je flanque ton matelas sens dessus dessous. D'ailleurs, j'ai à te parler,

BLANCHE

Il n'a rien à vous dire. Il veut vous attraper.

MAURICE

Pauvre garçon! Il lui tombe peut-être un duel.

BLANCHE

Qu'il s'arrange seul! Maurice, je vous défends de risquer votre vie.

OSOIR

Ouvre, es-tu mort?

MAURICE, *bas*.

Oui, pour quelque temps.

OSOIR

Ou n'es-tu que malade? J'y pense: tu dois être malade. Si tu n'ouvres pas, humanité oblige, sur-le-champ, je réveille un serrurier.

BLANCHE

Quel nigaud !

MAURICE

Lui ? Très intelligent, au contraire. Point d'esprit, mais du fond. On l'apprécie lentement. Il a besoin d'être expliqué.

BLANCHE

Il va tout gâter. Un autre devinerait.

MAURICE

C'est manque d'habitude de sa part. Vous ai-je trompée en affirmant que je n'amène jamais de femme chez moi ? Il s'y fera. Blanche, à force de chuchoter, je m'étrangle. Finissons, par crainte du serrurier.

BLANCHE

Puisqu'il le faut ! De la prudence, Maurice ! Trouvez un prétexte qui sauve tout.

MAURICE

Laissez-moi faire. C'est toi, Osoir ?

OSOIR

Tu t'en doutes déjà ?

MAURICE

Et qu'est-ce que tu veux, mon vieux ?

OSOIR

Tu te moques de moi, maintenant !

MAURICE

Vraiment, tu le mérites. Une boule de billard a plus de nez que toi. Je ne reçois pas ce soir. Repasse une autre fois. J'ai quelqu'un.

BLANCHE

Oh ! je ne sais plus où me fourrer.

OSOIR

Comment, quelqu'un ? Qui ça ? Ah ! Oh ! parfait, j'y suis. Compris, incroyable. Encore un ami fichu. Ça devait t'arriver comme aux autres. Flambées, sans bruit, les résolutions ainsi qu'une traînée de poudre répandue sur la table. Jamais de femme chez soi! S'en servir, pas s'y asservir. Ouiche! Et dire que je finirai comme toi! Enfin, compliments. Peut-on voir?

MAURICE

Veux-tu t'en aller, imbécile!

OSOIR

De la fierté? Sérieux, alors. Mince, excuses! Dérangez pas. Femme du grand monde, titrée peut-être? Complet. Beau début. Monsieur, madame, au plaisir! Je vous en souhaite. Après vous. Chacun son tour. Quel malheur! Quel malheur!

MAURICE

C'est un fait exprès. Le cochon a bu pour la première fois de sa vie. Le vin ou l'absinthe lui produit un effet étrange. Il bégaie. Il glousse. Il secoue la tête et sa voix s'égrène en perles fausses qui dégringolent les escaliers.

Blanche! Blanche! où êtes-vous? Pourquoi pleurez-vous?

BLANCHE

Je meurs de honte à me voir tombée si bas! Cet homme m'a traitée comme la dernière des dernières.

MAURICE

Il est ivre. Il ne vous connaît pas. Vous ne le connaissez pas. Sa grossièreté peut-elle vous offenser? Prend-on la campagne en horreur à cause de quelques flaques d'eau croupie? Blanche, bouderez-vous jusqu'à l'aube?

BLANCHE

Ah! si j'avais su! Le châtiment commence. J'expie ma faute.

MAURICE

Quelle faute? Quel châtiment? Si vous aviez su quoi? C'est la visite tardive de mon ami Osoir qui vous met en cet état? Blanche, approchez votre visage douloureux afin que je le sèche au feu du mien et que, sous une tendre pression, j'étouffe vos précoces remords.

Cris dans la Nuit

I

MAURICE

Maman! maman!

BLANCHE

Pourquoi m'appelles-tu maman? Je te défends de
m'appeler maman. Je ne suis pas ta mère. Il me
semble que nous commettons un sacrilège sous une
voûte d'église.

MAURICE

Je veux t'appeler maman, ma petite maman à
moi. Ce mot passe tout seul entre mes lèvres. Il y a
des syllabes si frêles!

BLANCHE

Je crains que tu ne m'appelles ainsi parce que j'ai
quelques années de plus que toi. Et puis, que dirais-tu
si je t'appelais papa, moi?

MAURICE

Ton cerveau travaille. Écoute plutôt comme je
prononce le mot: Maman! maman! Il s'envole de
ma bouche aussi aérien qu'une tête de chardon.

BLANCHE

Comme ça, je veux bien, parce que, tu sais, si je ne cache pas mon âge, je diffère de ces femmes qui disent en minaudant : Je pourrais être votre mère.

MAURICE

Recouche-toi dans tes cheveux.

II

MAURICE

Viens donc !

BLANCHE

Je suis là, près de toi, contre ta poitrine.

MAURICE

Je te dis de venir.

BLANCHE

Mais je te serre de toutes mes forces.

MAURICE

Ah ! c'est comme si je chantais.

BLANCHE

Pourquoi t'arraches-tu ? Pourquoi te lèves-tu sur tes genoux, menaçant, les traits tirés, l'œil mauvais ? Tu me fais l'effet d'un fauve. Tu me remplis d'angoisse et je n'ose plus te tendre les bras.

MAURICE

Veux-tu venir, oui ou non ?

BLANCHE

Voilà ! voilà !

MAURICE

Tu me réponds : " Voilà ! voilà ! " comme une servante effrayée par sa maîtresse en colère, mais tu ne viens pas.

BLANCHE

Je ne comprends plus, Maurice. Pourtant, je t'aime.

MAURICE

Tu m'aimes et tu restes là-bas, loin de moi, à des lieues, à des journées de marche de moi, et je fais de vains efforts pour te rejoindre.

BLANCHE

Qu'est-ce que cela signifie? Je me presse sur ton cœur à passer de l'autre côté.

MAURICE

Tu t'éloignes au diable! Ta forme, quand je crois la tenir dans mes mains, se disperse aux quatre vents. Jamais je ne pourrai pleinement te saisir.

BLANCHE

C'est une maladie. Si tu as des attaques, maintenant, me voici bien.

MAURICE

Il me faut y renoncer. Deux paralytiques qu'on lierait étroitement avec des cordes resteraient moins que nous étrangers l'un à l'autre.

BLANCHE

Tu trouves folichon ce que tu dis là, mon Maurice? Si tu m'invites chez toi pour me glacer le sang dans les veines, demain je garderai la chambre.

MAURICE

Ne fais pas attention, maman. J'ai besoin de débiter ainsi, au moment suprême, des sornettes. C'est ma façon à moi de mourir. Après, au réveil, je demeure longtemps confus.

III

BLANCHE

Tu me grises, mais je ne t'aime pas.

MAURICE

A ton tour, répète un peu ce que tu viens de dire si tu veux que je saute du lit, que je me rhabille et m'en aille.

BLANCHE

Mon Dieu! qu'est-ce que j'ai dit?

Elle ne sait plus. Voulait-elle essayer de se reprendre, et, pour s'excuser à ses yeux, feindre la surprise, l'étourdissement? Voulait-elle limiter la part de Maurice et se donner la joie de l'inquiéter?

Criait-elle simplement par instinct, afin de jeter un cri, pour rien du tout?

Mais, quand elle voit Maurice se dresser sur le lit, penaud et prêt à quitter la place comme une place retenue, elle l'entoure de ses bras et l'attire et le force de retomber.

— Maurice, dit-elle, mon petit Rice, je suis une grosse bête. Ça m'a échappé!

La mise au point
de leur amour

MAURICE

Blanche, te tuerais-tu à cause de moi?

BLANCHE

Quelle question! Pourquoi me tuerais-je à cause de toi?

MAURICE

Je te demande cela parce que je voudrais savoir jusqu'à quel point nous nous aimons. J'ai lu de nombreuses descriptions d'amour. Tu en as lu quelques-unes. Peuvent-elles s'appliquer au nôtre? En un mot, nous aimons-nous comme on s'aime dans les livres? Evidemment non, n'est-ce pas?

BLANCHE

Tu m'embarrasses. Veux-tu dire que nous nous aimons moins bien que dans les livres ou d'une manière différente?

MAURICE

Je veux dire ceci: Lorsque tu prononces ces mots " Je t'adore ", qu'entends-tu par là?

BLANCHE

J'entends que je t'aime beaucoup.

MAURICE

Oui, c'est une autre façon de parler. Tu ne fais que changer d'expression. Il ne faudrait point me méprendre et compter, par exemple, que, si je te quittais, tu mourrais.

BLANCHE

Et toi, si je te quittais, mourrais-tu?

MAURICE

Franchement, je ne le crois pas.

BLANCHE

Mais tu souffrirais comme moi. Quand je songe à ton départ possible, j'ai le cœur serré. J'éprouve d'avance un gros chagrin.

MAURICE

Moi aussi, et nous n'imaginons rien de plus: nul fracas, aucune vengeance éclatante.

BLANCHE

A quoi bon dramatiser la vie?

MAURICE

Nous ne sommes pas de l'école cruelle. Nous sommes de l'école bonne-enfant.

BLANCHE

Bien entendu, sauf ces réserves, nous nous aimons autant que d'autres.

MAURICE

Certainement. Une seule réflexion me trouble. Sans doute les livres exagèrent, mais le journal quotidien enregistre, à la colonne de ses faits-divers, des scandales, des aventures romanesques qui finissent tragiquement. J'admets que le journal brode aussi. Pourtant, il demeure prouvé que certains amants jaloux, toujours fiévreux et prompts à s'égorger, bientôt las de vivre, se couchent enfin sur leur lit, s'aiment une dernière fois et attendent la mort près d'un réchaud allumé. Voilà qui me confond. Ces passionnés s'aimeraient-ils plus que nous?

BLANCHE

Mon chéri, les gens qui se suicident n'ont pas leur tête à eux. Ce sont des fous.

MAURICE

Et nous sommes les sages. Ton bon sens et le mien nous interdisent de pareils excès.

BLANCHE

Dieu merci!

MAURICE

Nous nous aimons raisonnablement, avec calme et solidité.

BLANCHE

Pour la vie!

MAURICE

Tope cinq sous. Encore une question, Blanche. A propos, pourquoi m'aimes-tu?

BLANCHE

Parce que tu es beau.

MAURICE

Oh! ne te force pas, je t'en prie. J'exige une énumération précise. Recommence: je suis sur la sellette parce que...

BLANCHE

Parce que tu es distingué et de tournure aristocratique; parce que tu es intelligent et que tu as réponse à tout; parce que tu ne jures jamais, que tu parles poliment aux femmes sans garder ta cigarette à la bouche; parce que tu mets des gants; parce que tu soignes tes ongles; parce que tu danses à ravir; parce que tu ranges tes affaires en te cou-

chant; parce que tes jarretelles noires empêchent tes
chaussettes de tomber sur tes souliers; parce que
des bretelles de soie soutiennent, le jour, ton panta-
lon, et que, la nuit, un étendeur en efface les godets;
parce que tu portes toujours un chapeau haut de
forme; parce que tu as les cheveux courts, la mous-
tache vierge, le nez long, (ça m'amuse de tirer ton
nez), des oreilles grandes comme des coquilles
Saint-Jacques, une gueule d'or et des yeux jaunes
pour mener les poules sur les chaumes. Enfin, parce
que tu écris bien les adresses.

Je ne trouve plus. A ton tour, maintenant, Maurice, pourquoi m'aimes-tu?

MAURICE

Je t'aime en gros, en bloc. Je ne perçois pas les
détails. Quelle est la couleur de tes yeux et de tes
cheveux, je n'en sais rien. Qu'importe la forme de
ton nez? Une dent ne compte ni en plus, ni en moins.
Large ou petite, ta bouche ne me désoblige que si
elle bâille. Est-ce que je noue mes doigts aux tiens
pour prendre ta pointure et vais-je mesurer tes pieds
avec un décimètre? Entre nous, le mauvais goût
de l'artiste qui, depuis Ève, glorifie les pieds de la
femme, se conçoit-il? Relis donc ce que tu écris,
poète. Cesse de chanter, le nez en l'air, comme un
écervelé. Baisse la tête et considère enfin de près,
froidement, le pied fade de ta maîtresse quand elle
sort du bain.

BLANCHE

Tais-toi. Je vomirais.

MAURICE

Je ne pose point. Tu peux te casser une cheville
et remplacer ton pied de chair et d'os par un pied
en bois de rose, je n'y perdrai rien.

BLANCHE

Et quelles sont tes idées sur la taille?

MAURICE

Dès qu'une guêpe m'agace, j'ouvre mes ciseaux et je la coupe en deux, net.

BLANCHE

Réponds. Tu ne me trouves pas un peu forte?

MAURICE

Comment, un peu forte? Au contraire, je te sais gré de me remplir les bras. Va, il est inutile que tu règles tes appétits. Mange et bois, épanouis-toi.

BLANCHE

Je ne me gêne pas. Aucune femme ne se serre moins que moi. Regarde: on mettrait le poing sous mon corset.

MAURICE

Tant pis! Tu gaspilles l'espace. Accrois encore ta puissance, et que nos étreintes soient telles que l'air même ne passe plus.

BLANCHE

Moi, je t'aime ainsi; mais quelqu'un qui t'entendrait te traiterait de vulgaire sensuel.

MAURICE

Je me flatte de l'être et de tirer, en bon maître habile, tout le profit que je peux des divers sens à mon service.

BLANCHE

Je t'approuve. En ce qui me concerne, tu le sais, je ne dédaigne pas la gaudriole. Seulement, il y a autre chose que le corps. Il y a le cœur et l'âme. Mon corps te plaît, j'en suis fière; mais, dis-moi, Maurice, aimes-tu un peu mon cœur, aimes-tu un peu mon âme?

MAURICE

Oui, ma belle maîtresse, je t'aime avec toutes tes
dépendances. J'aime ton corps, et j'aime ton cœur
et ton âme par-dessus le marché.

Les manœuvres du Gouvernement dévoilées

MAURICE

Je l'ai vu, Blanche, ton gouvernement. J'ai vu sa redingote sévère et son parapluie. Ne mens pas. Hier soir, il est entré chez toi à cinq heures et il est ressorti à six heures moins le quart. Je le trouve encore vert.

BLANCHE

Tu m'espionnes.

MAURICE

Je me renseigne moi-même, puisque j'ai pris l'engagement de ne plus t'interroger. Mais, comme je sais tout, tu peux tout dire. Rassure-toi. Je ne suis pas jaloux. Au contraire. Je voudrais connaître ce brave homme. Il m'a produit une excellente impression. Quand vient-il te voir?

BLANCHE

Chaque mois, vers la fin, régulièrement.

MAURICE

Comme un périodique. Est-il marié?

BLANCHE

Recevrais-je un homme marié sans sa femme?

MAURICE

Et *vice versa*. Que fait-il?

BLANCHE

Il va tous les jours à son bureau.

MAURICE

Ça, c'est original. A quel bureau?

BLANCHE

Tu m'en demandes trop. Je le crois très puissant. Sans cesse il envoie des dépêches à droite et à gauche. Il a des relations au ministère. Lequel? je ne sais plus. Les noms des ministres et moi, nous sommes brouillés. Je les mets dans le même sac. D'ailleurs, mon vieil ami me parle peu de ses affaires.

MAURICE

Comment s'appelle-t-il?

BLANCHE

Guéreau.

MAURICE

Son petit nom?

BLANCHE

A son âge, on n'a plus de petit nom. Moi, je l'appelle monsieur Guéreau.

MAURICE

Toujours?

BLANCHE

Mais oui, toujours. As-tu fini de jouer au juge d'instruction ?

MAURICE

Ça me divertit. Tu peux bien me laisser me divertir un brin. Et que faites-vous?

BLANCHE

Rien. Que veux-tu qu'on fasse?

MAURICE

Il ne te baise que le bout des doigts?

BLANCHE

A peine. Nous causons surtout. Il parle bien, me donne des conseils, me dit de songer à mes intérêts et me met en garde contre les mauvaises liaisons. De plus, c'est un musicien de premier ordre, et, quelquefois, il apporte son violon.

MAURICE

Et après?

BLANCHE

Ça ne suffit pas?

MAURICE

Enfin, quand la conversation tombe, tombes-tu avec?

BLANCHE

J'attendais le gros mot. Tu penses tout de suite au vilain. Pourtant, il y a autre chose dans la vie. On trouve des gens propres, mon cher. M. Guéreau sait se tenir. C'est un ami paternel qui m'aime pour moi, non pour lui, et je ne te cache pas qu'il m'inspire une durable sympathie dont il se contente.

MAURICE

Il est modéré.

BLANCHE

Oh! j'ai de la chance. Les hommes corrects se font si rares! M. Guéreau conserve les manières du siècle dernier.

MAURICE

Et jamais il ne t'adresse un mot plus brûlant que l'autre?

BLANCHE

Est-ce une raison, parce qu'on aide une pauvre femme à vivre, pour lui manquer de respect? Sûr de passer une heure, chaque mois, en compagnie d'une femme point désagréable, qui lui montre gai visage, l'écoute avec complaisance, lui offre une tasse de chocolat et, sans larmoyer, sans même étaler une gratitude bruyante, lui permet de mener à sa guise, comme il l'entend, délicatement, une action généreuse, M. Guéreau tient plus à moi qu'à une vulgaire maîtresse.

MAURICE

Pourtant, s'il apprenait notre amour...

BLANCHE

Il le devinerait qu'il ne ferait rien voir.

MAURICE

Homme admirable! Une dernière question. Mais comme on demande à un bébé : Lequel aimes-tu mieux, ton papa ou ta maman? Je la pose pour rire. Si je vous en priais, quitteriez-vous M. Guéreau?

BLANCHE

Maurice, souvenez-vous de votre promesse.

MAURICE

Puisque c'est pour rire..

BLANCHE

Alors, je réponds sérieusement. Non, je ne le quitterais pas.

MAURICE

Même si je vous offrais de m'épouser, de partir avec moi, de me suivre en Algérie où la vie est si bon marché?

BLANCHE

D'abord, j'ai horreur du déplacement et je manque de génie colonisateur. Ne dites pas des niaiseries.

MAURICE

Bien répondu. Si j'insistais, j'aurais la tête dure.

BLANCHE

Je te fâche?

MAURICE

Du tout. Je le déclarerais devant M. Guéreau. Je sais bien que, lui et moi, c'est différent. Je lui serrerais la main et je lui dirais : " Monsieur Guéreau, nous sommes deux à vous estimer. "

BLANCHE

De son côté, il est homme à t'apprécier.

MAURICE

Si tu nous présentais?

BLANCHE

Je n'en chercherai pas l'occasion, mais je ne l'éviterai pas.

MAURICE

En effet, notre confrontation n'offre point d'intérêt. Je plaisante. Pardonne-moi ma petite enquête taquine et mesquine. Je ne voulais que t'éprouver. Tu pouvais m'envoyer promener, et je te remercie de ta patience.

BLANCHE

A la bonne heure! Un moment j'ai craint des complications. Les hommes qui ont le plus d'esprit en ont parfois si peu!

MAURICE

C'est la réaction. Les femmes ont plus de jugeotte, et c'est surtout de jugeotte qu'on a besoin en certains cas.

BLANCHE

Alors, rien ne cloche, derrière ce front, sous ce crâne? Tu es heureux?

MAURICE

Je suis heureux. Et toi, es-tu heureuse?

BLANCHE

Je suis heureuse.

MAURICE

Donc, nous sommes heureux, par la grâce de
Dieu !

L'Inévitable Lettre

Ma chère amie,

Ne vous fâchez pas avant de m'avoir lu et compris.

Je trouve que, d'ordinaire, les amants qui veulent rompre emploient une mauvaise méthode, d'indélicatesse et de lâcheté.

La dame ne dit rien. Ça l'ennuie d'écrire. Elle ferme sa porte et part en voyage; on ne la revoit plus.

Le monsieur qui se croit du style fait des brouillons. Il les déchire, les recommence et se décide à mettre sous enveloppe, sans un mot, des billets de banque. C'est commode quand on en a et que la femme aime l'argent. Or, vous ne l'aimez guère et je n'en ai point.

Je vous dois donc une lettre où je séparerai nos deux cœurs comme les moitiés d'un fruit mûr. Cela vous fera mal, je crierai peut-être, je vous semblerai révoltant, mais vous serez contrainte d'admirer ma franchise et mon courage. Comme il m'en faut!

Si nous en restions là ?

Hier, près de vous, je jouais l'homme fort, je riais, j'avais de l'esprit; je retenais mal mes doigts impatients de courir le long de votre noble corps. Pouvais-je me soucier d'un monsieur absent?

Mais, vous partie, ce monsieur a pris votre place, et, comme je me promenais dans ma chambre, de la porte à la fenête, il m'a dit, posant le bout du doigt sur mon bras :

— Nous sommes deux.

Il souriait, le vieux, très poli, l'air hardi plutôt que méchant. Il répétait :

— Oui, nous sommes deux. Je compte pour un.

Il semblait dire encore :

— Moi, je ne demande point l'impossible. Je suis content de ma toute petite part. L'âge rend sage et je trouve naturel qu'un jeune homme prenne la part qui reste, la plus grande, s'il me laisse la mienne. Et vous aussi, j'espère, vous trouverez naturel que je ne la lâche plus.

Ainsi murmurait le vieux aux lèvres exsangues.

Naturel? Qu'entend-il par là? Le sens du mot m'échappe et, depuis ce matin, je cours après.

Ah! je ne récrimine pas. Vous m'avez loyalement averti : c'était à prendre ou à laisser. Ou à laisser!

Laisser aux autres, sans y goûter, une femme pleine de promesses. Mettez-vous à ma place.

J'ai préféré prendre.

Et, à votre contact, j'ai ressenti une telle secousse

que longtemps je pouvais en demeurer étourdi. Mais, de nouveau, le vieux sifflait, plus bas, d'autres mots que je refusais d'écouter :

— Je comprends tout. Je ne lui suffisais point. Autant vous qu'un autre. Elle restera tranquille. Aimons-la. Ne vous inquiétez de rien. Je paye. C'est si naturel !

Ce n'est pas naturel du tout. Loin de me rassurer, ce vieux m'écarte les paupières, et la vérité pénètre.

Je n'exagère rien. Je ne m'accable pas d'injures, mais je suis désormais comme un homme timoré ayant des idées trop peu larges pour recouvrir des scrupules qui dépassent.

Rompons donc, ma triste amie. Emportons chacun nos souvenirs comme deux baigneurs qu'on dérange, sur le point de se rafraîchir dans une eau pure, loin du soleil et des regards, se sauvent après avoir ramassé leurs vêtements.

Et j'ajoute... Mais aidez-moi. J'ai besoin de toutes mes forces. Joignez-y vos encouragements. Le morceau ne passe pas. Il me semble que je vais vous apparaître dans toute ma laideur et que votre estime, s'envolera loin de moi, comme un oiseau blessé, avec un grand cri.

Ah ! tant pis !

Je m'exécute :

— Épousez M. Guéreau.

C'est cela, gesticulez, trépignez, indignez-vous. J'y comptais bien. Et puis, calmée, écoutez-moi. Je répète :

— Épousez votre vieux.

Pourquoi pas ?

Je ne dis point :

— Épousez-le tout de suite, demain matin, au saut du lit.

Je dis :

— Travaillez déjà le bonhomme. Amenez-le à vous épouser de son propre mouvement. Je ne l'ai qu'entrevu, mais, ou je me trompe fort, ou il fera un suffisant mari.

Notez que votre situation manque de solidité. M. Guéreau vivant ne vous abandonnera pas, je le crois. Qu'il meure, et vous êtes seule, et la misère qui vous épouvante entre chez vous, brusquement, sans frapper. Plus j'y réfléchis, et plus je me persuade que vous êtes née pour le mariage. Vos solides qualités vous y destinaient.

Et perdons un moment de vue la vie pratique. Considérons celle du cœur. Sans mari, vous verrez lentement se dessécher le vôtre.

Dix années encore, vingt peut-être, vous porterez en vous une source d'émotions que personne né tentera d'utiliser pour embellir son domaine de bonheur.

Car, si un autre que moi vous aime, il aura les mêmes scrupules que moi, et, s'il ne les a pas, il sera indigne de vous.

Croyez-vous, Blanche, que je doive m'arrêter, vous offrir mes hommages respectueux et signer cette lettre : *Votre dévoué Maurice ?*

Mais j'en garderais la nausée. Je veux nettoyer ma plume trempée dans la poix, et je veux, afin de me purifier la main, retracer une dernière fois, pour moi, en lignes amoureusement soignées, votre image parlante.

Vous êtes belle et vous êtes bonne.

Vous êtes si indulgente pour les défauts d'autrui qu'on aime les vôtres.

Vous mentez, à propos, sans mauvaise foi, c'est-à-dire que vous cachez la vérité quand elle blesserait, quand elle vous semble une cause d'ennui et qu'il vaut mieux qu'elle reste au puits.

Vous ne vantez point votre esprit. Vous souhaitez qu'on dise de vous : C'est une femme agréable, et non : C'est une femme supérieure.

Vous médisez de vos amies utilement, si vous croyez qu'elles ont commencé les premières, et non pour le plaisir de médire.

Vous aimez la toilette parce que vous lui allez, le théâtre lorsqu'on y rit, et le monde, car une femme de votre âge ne peut pas vivre comme un loup.

Vous détestez les chats et vous ne supportez que les gros chiens serviables qui sont de taille à coucher dehors.

Vous ne jouez d'aucun instrument.

Vous ne vous connaissez ni en art, ni en sport, et vous n'avez pas d'opinion sur les littérateurs, des hommes comme les autres, après tout.

Quand vous écrivez le billet nécessaire, on dirait que le bec de votre plume pique maladroitement des graines de cassis et les écrase sur le papier.

Et vous ne lisez que les livres dont la lecture repose le teint.

Vous craignez comme la foudre les explosions d'amour, et vous aimez qu'on vous aime finement, qu'on vous offre parfois deux sous de violettes, un baba au rhum, un bout de ruban, une promenade en voiture, et qu'on ait pour vous ces petites attentions sans prix qui font plus chaud au cœur des femmes que le duvet à leur cou.

Vous ne vous mettez jamais en colère et vous

céderiez tout de suite, sans discussion, pour avoir la paix, à l'homme qui s'avancerait sur vous, les yeux injectés de sang, tandis que son visage émettrait une lumière verte.

Vous êtes paresseuse en toute justice, parce qu'il vous semble que le rôle d'une belle femme consiste à rester belle et qu'on lui doit, sans même qu'elle le demande, les habits, l'argent de poche, la nourriture et le logement.

Vous êtes la femme que je rêvais.

Et je vous quitte et je vous donne.

A peine ai-je eu le temps de vous embrasser.

Comme un visiteur gauche repasse dans son esprit ce qu'il aurait dû dire, je vous parcours des cheveux aux pieds et je me dis :

— C'est là spécialement que j'aurais dû poser les lèvres. Là aussi. Là encore, partout.

Et, courbé, abîmé, je n'aurais pas dû relever un seul instant la tête.

Belle et bonne amie, je suis à bout.

Je ne relirai pas ma lettre. Je veux qu'elle vous arrive ce soir avant que vous ne preniez, comme d'ordinaire, votre petit sac à doublure rouge pour venir dans ma mansarde.

Déjà elle se glace et s'enténèbre, et, si j'ose y parler haut, j'entendrai peut-être une voix lugubre.

Longue vie, Blanche !

Adieu.

Dénouement possible

BLANCHE

Je te trouve fatigué, ce soir, mon Maurice et pâlot. Qu'as tu?

MAURICE

Je me suis piqué, Blanche.

BLANCHE

Où ça? Avec quoi?

MAURICE

Avec une plume.

BLANCHE

C'est très mauvais. Il faut sucer vite. Montre voir?

MAURICE

Je me suis piqué à la conscience.

BLANCHE

Ne dis donc pas de bêtises. Je veux savoir où tu souffres.

MAURICE

Je t'assure que je me suis piqué à la conscience. Je la sentais grosse, boursouflée, oppressante. Cela lui arrive quelquefois. Je l'ai percée avec ma plume. Tout de suite elle s'est dégonflée, et, le mauvais sang parti, je vais mieux.

BLANCHE

Amuse-toi, mon ami, mais sache que tu n'as aucun mérite à te payer ma tête. Je suis sans défense, et je manque de réplique. C'est une manie chez toi de parler par le chemin le plus long. Déroule tes machines obscures. Je m'assieds.

MAURICE

L'opération me réussit toujours. Il suffit que j'y pense. Aussitôt, le vent qui me gênait s'enfuit. Je marche comme un homme de poids ordinaire et, brusquement, le monde dont je voyais pile se retourne sur face.

BLANCHE

Tu as la migraine. Ta chambre sent le renfermé et le brûlé.

MAURICE

En effet, j'ai brûlé du papier.

BLANCHE

Des lettres de tes anciennes maîtresses, je parie?

MAURICE

Non: un papier où mon épanchement de tout à l'heure avait fait des taches.

BLANCHE

Mon Maurice, tu n'es pas bien: Veux-tu sortir un peu pour prendre l'air?

MAURICE

J'aime autant me coucher. Et toi?

BLANCHE

Moi, j'aime mieux. Couchons-nous. J'ai gardé pour cette nuit une fine chemise de jour que tu préfères, sans col et sans manches, avec un nœud rose.

Contes
pour laisser rêveur

L'Invité Sylla

Comme il descendait du train, M. Sylla fut pris d'inquiétude.

— Me voilà bien! dit-il. J'ai oublié d'apporter quelque chose pour les petites filles!

L'accueil de ses hôtes ne s'en ressentit pas d'abord. Toute la famille Bornet était à la gare. Les petites filles gambadant, levant les bras, frappant des mains, firent plusieurs fois, sans en avoir l'air, le tour de M. Sylla. Il ne cachait aucun paquet derrière son dos; mais un homme peut mettre tant de choses dans ses poches que les petites filles espérèrent encore, avant de se désoler.

Cependant Mme Bornet ne cessait de répéter :

— La bonne visite! Quel paresseux vous faites! Il y a deux ans que vous nous promettez de venir! On ne comptait plus vous voir dans notre humble hameau!

Et elle ajoutait :

— Ah! la campagne, ce n'est pas la ville, tant s'en faut.

Et M. Sylla répondait :

— J'aime mieux la campagne que la petite ville de province.

Il admirait tout : le jardin, ici, d'agrément et, là, de rapport, cultivé par M. Bornet lui-même, qui se lève et se couche selon le soleil et fume sa pipe sur ce banc; l'écurie et son cheval, tour à tour de selle et de trait, brave bête abattant sa lieue comme une autre, malgré son air de rien.

— Nous l'avons acheté d'occasion, avec les harnais à notre chiffre par-dessus le marché.

— Voici les poules, qui nous pondent chaque jour des œufs frais; les lapins, qui mangent plus qu'un bœuf et qu'on fait manger aux amis tombés du ciel; les pigeons, inutiles, mais si jolis à suivre de l'œil quand ils volent et déroulent dans l'air leurs guirlandes nuancées; un cochon économique, oui, économique, je vous expliquerai ça.

— Enfin, le puits. Son eau est la meilleure du village. Tout le monde y vient en chercher. Les gens défilent du matin au soir. Nous le regardons comme notre richesse, car, pour nous, la campagne sans eau ne serait plus la campagne. Penchez-vous prudemment.

— Quant à cette pompe, elle marche dans la perfection. Essayez.

Soudain, les petites filles, que M. Sylla ne caressait plus et qui perdaient l'espoir, se mirent à pleurer. Mme Bornet les prit dans un coin, leur chuchota longuement à l'oreille et leur dit, tout haut, d'une voix grondante :

— Hou ! que c'est laid ! les vilaines !

Mais elle les plaignait. Elle aussi avait compté, pour les petites filles, sur une surprise, un bibelot sans valeur, un sac de bonbons, si peu que ce fût, mon Dieu ! Et, froissée dans son cœur de mère, elle dissimulait à peine un léger désappointement.

Elle fit les honneurs avec moins d'entrain. D'ailleurs, M. Sylla connaissait presque toute la maison. Il avait trouvé un mot aimable pour chaque agrément et pour chaque commodité.

Restait le point de vue.

— Ceci te concerne, dit à son mari Mme Bornet déjà lasse.

M. Bornet parut, de ses bras, écarter des branches et dit :

— Moi, je n'aime que la plaine. Dans les pays de montagne j'étouffe, et il me semble que, serré entre deux banquettes, je ne peux plus allonger mes jambes à mon aise.

— Magnifique horizon, fit M. Sylla distrait.

Il comprenait pourquoi les petites filles avaient pleuré ; il sentait naître une hostilité chez Mme Bornet tandis que, avec affectation, elle s'obstinait à tamponner leurs yeux rouges et, dépité contre elles trois et contre lui, il ne laissait tomber de sa langue alourdie que de rares paroles.

M. Bornet même souffrait de la gêne commune sans en deviner les causes.

— Ces gens sont étonnants, pensa bientôt M. Sylla. Quelque matin, on cède à leurs instantes prières ; on va les voir dans leur trou ; on se lève de bonne heure, on se bouscule, on avale en wagon un mélange de poussière, de fumée et d'insectes ; le voyage coûte quatre fois plus cher que le déjeuner qu'ils offrent, et, pour que rien ne manque à cette partie de plaisir, si on ne les comble de riches cadeaux, au mépris des convenances ils boudent. Soit, qu'ils boudent! De mon côté, je ferai la moue et, au café, je me frappe subitement le front : il en jaillit un prétexte, et je file!

— Monsieur Sylla, voulez-vous avoir l'extrême bonté de passer à table? dit Mme Bornet sur ce ton qu'on ne réussit d'ordinaire qu'avec un pince-nez.

Elle mit les hors-d'œuvre en circulation.

Un peu honteuse de ses petites filles, qui reniflaient trop fort et n'avaient plus faim, elle exagérait auprès de M. Sylla les politesses d'usage, et les anchois, pour leur part, tournaient sans s'arrêter comme dans un cirque, quand la bonne apporta une feuille à signer et une boîte carrée, ficelée proprement et adressée aux demoiselles Bornet.

— Qu'est-ce que ça peut être?

— Je ne sais, dit M. Bornet.

Et les petites filles dirent, le visage coloré d'une bouffée de rose :

— Oh! dépêche-toi, maman!

La boîte, pleine jusqu'au bord d'angélique en bâtons, venait de Paris, d'une marque célèbre; mais aucune carte ne donnait le nom de l'expéditeur, aucune lettre ne l'avait annoncée.

Mystérieuse, sur la table, elle déployait toutes grandes ses ailes de dentelles, et les petites filles n'o- saient y toucher : droites, réveillées, de la langue elles se léchaient leurs lèvres fines.

M. et Mme Bornet s'interrogeaient :

— Qui diable nous l'envoie? Connais-tu quelqu'un à Paris, toi?

— J'y connais une foule de gens et je n'y connais

personne; personne, du moins, à qui je doive prêter
cette attention délicate.

Ils levèrent les yeux sur leur invité :

— Aidez-nous, monsieur Sylla.

— Permettez que je m'abstienne, dit-il, haus-
sant les épaules. Du reste, je ne trouve pas cette
énigme de très bon goût.

Volontiers, il eût déprécié la boîte.

Mais Mme Bornet reprit d'inspiration :

— J'y songe : vous en venez aussi, vous, de
Paris. Feriez-vous le cachottier, par hasard?

— Je ne comprends point. Quoi, vous me soup-
çonnez? dit M. Sylla.

— Oh! oh! Cher ami, dit M. Bornet, vous répon-
dez en coupable. Vous détournez la tête. Vous riez
dans votre barbe. Avouez tout. Hier encore nous
affirmions que, d'apparence bourrue, vous êtes, au
fond, le meilleur des hommes.

— Sérieusement, vous croyez que c'est moi? dit
M. Sylla.

— Nous ne le croyons pas : nous en sommes sûrs.

— Bon, entendu! Je ne vous contrarie pas, puisqu'il vous plaît que je joue le rôle de vil usurpateur.

— A la bonne heure! dit Mme Bornet. Ma
parole, un moment, je doutais presque. Je me disais :
Pourquoi la boîte arrive-t-elle seule, après lui? Et
je me répondais : Semblable aux autres hommes, il
déteste porter des paquets.

— Cordialement, dit M. Sylla.

— Et puis, dit M. Bornet, la boîte, sans doute,
n'était pas prête. Souvent, les commis de magasin
n'en finissent plus.

— Oui, dit M. Sylla. Enfin, la voici. Nous l'avons,
c'est le principal.

— Eh! bien, fillettes, dit Mme Bornet, on n'embrasse plus M. Sylla qui pense si gentiment à nous?

Les fillettes, portant la boîte, offrirent à baiser leurs joues illuminées et à goûter les bâtons d'angélique verte.

— Merci, dit M. Sylla: l'angélique m'écœure. Seulement, je savais que vous l'adoriez. Gardez tout.

L'appétit retrouvé, les petites filles commencèrent de becqueter et de pépier comme deux moineaux après l'averse. Elles sucèrent d'autant plus d'angélique " exquise et délicieuse " que, du bout des dents et de bouche à bouche, elles cassaient les bâtons montés sur fil de fer.

Et les fils de fer, qui tendaient raide les gestes de chaque convive, se brisèrent aussi.

Pour se punir d'avoir méchamment jugé son hôte, Mme Bornet l'accabla de prévenances, cette fois réelles. Suivant avec docilité l'exemple, M. Bornet emplit l'assiette de son meilleur ami.

M. Sylla se laissait soigner, tantôt confus, tantôt vengé, amusé par cette réparation d'honneur imprévue. Toutefois, il fit une dernière concession à ses scrupules :

— Si pourtant, chers amis, dit-il, j'abusais de votre confiance, si quelque jour se découvrait le véritable expéditeur? Que de quiproquos! Ensuite, quelle juste colère contre moi! Mais je vous aurai prévenus, et je m'en lave les mains.

— Crois-tu qu'il est entêté, hein? dit M. Bornet à Mme Bornet. Il recommence. De grâce! assez, mon vieux camarade. La plaisanterie se fane. Reprenez plutôt de ces aubergines.

— J'en ai jusqu'ici, dit M. Sylla.

— Allez toujours! Le flot de la bouteille au chapeau d'argent les fera couler.

— Oh! oh! du champagne! Bigre! mince de
noce!

— Nous recevons peu, dit M. Bornet, mais,
quand nous recevons, nous recevons bien.

Aller et Retour

Une grille aux barreaux verts, sans ornements. Une maison de village blanche et presque neuve. Il faut monter quatre marches propres et s'essuyer les pieds sur le paillasson. Une petite cour où le râteau gratte obstinément les herbes fines entre les cailloux qui reluisent comme des dents. Une bordure de buis sépare la cour du jardin. Il y a de tout dans le jardin, des fleurs, des légumes et même un carré de luzerne qui s'étale jusqu'au ruisseau qu'on entend couler.

Un monsieur pousse la grille. On devine qu'il est Parisien à sa façon de renifler l'air. Il semble heureux. Il a laissé là-bas les soucis d'une vie agitée, et, libre un jour, il veut en profiter. Il dit d'abord de sa voix ordinaire :

— Personne ?

Puis, d'une voix plus haute :

— Quelqu'un, s'il vous plaît ?

Il sourit de la surprise qu'il va causer et de l'accueil qu'on lui fera. Dans les artichauts une vieille femme se dresse, hésite, lentement vient voir, et, sans saluer, elle attend.

LE PARISIEN

Pardon, madame, c'est bien ici que demeure M. Maurice Perrier?

MAMAN PERRIER

Oui, Monsieur.

LE PARISIEN

Je suis l'ami que vous attendez.

MAMAN PERRIER

Nous n'en attendons pas, monsieur.

LE PARISIEN

N'avez-vous point reçu ma lettre?

MAMAN PERRIER

Quelle lettre? Je vais demander à ma bru.

Elle laisse le Parisien seul, entre à la maison et ramène sa bru, Mme Perrier, aussi étonnée que maman Perrier, mais polie.

MADAME PERRIER

Oui, monsieur, nous avons reçu, pour Maurice, cette lettre que voici.

LE PARISIEN

C'est la mienne. J'y annonçais mon arrivée.

MADAME PERRIER

Maurice, sorti de bonne heure, n'a pas encore lu votre lettre et nous ne l'avons pas décachetée. Mais cela ne fait rien. Donnez-vous donc la peine...

LE PARISIEN

Maurice rentrera-t-il bientôt, madame?

MADAME PERRIER

J'espère que oui. C'est un fait exprès. Maurice ne sort presque jamais le matin. Il doit courir par les champs. Voulez-vous qu'on le cherche?

LE PARISIEN

J'attendrai un peu, et s'il tarde trop, j'irai au-devant de lui. Cela me promènera. Je verrai votre pays, qui m'a paru très joli, madame, sans flatterie.

MADAME PERRIER

Il faut le juger par un beau soleil. Ce temps gris le désavantage. Il a même plu, cette nuit, dis, maman?

MAMAN PERRIER

Pas assez. Le jardin meurt de soif. Après une sécheresse d'un mois, cette petite pluie lui mouille à peine la peau.

LE PARISIEN

Madame, il a plu fort jusqu'à notre arrivée en gare. Je craignais même de recevoir l'averse sur le dos.

MAMAN PERRIER

Les pays d'où vous venez ont du bonheur: tout pour les autres, rien pour nous.

MADAME PERRIER

Et personne ne vous attendait à la gare!

LE PARISIEN

C'est si proche, madame! D'ailleurs, quoi de plus exquis que de se trouver, à cette heure matinale, dans un pays inconnu? On se croit des ailes. On se sent fier de se lever avec le soleil.

MAMAN PERRIER

Il est frais, le soleil, aujourd'hui.

LE PARISIEN

Ne me gâtez pas mon plaisir, madame. Qu'importe un nuage de plus ou de moins à la campagne!

MADAME PERRIER

On ne vous a même pas entendu ouvrir la grille; car notre sonnette est chez le serrurier qui ne finit plus de la réparer.

MAMAN PERRIER

Sans moi, le pauvre monsieur gelait dehors. J'arrachais l'herbe des artichauts; je lève la tête par hasard, et je le vois planté.

MADAME PERRIER

Monsieur, je vous rends votre lettre, que j'avais mise dans ma poche.

LE PARISIEN

Vous pouvez la lire, madame: elle ne renferme aucun secret. J'écrivais à Maurice:

" Cher ami,

" Mon congé m'est accordé. Quelques jours t'en reviennent de droit. J'arrive par le premier train. Je me fais une joie de bavarder avec toi et de connaître ta charmante mère et ta gentille sœur. "

MAMAN PERRIER

Et la grand'mère, on n'en parle pas? Elle ne compte plus. On l'a donnée au chien.

LE PARISIEN

Pouvez-vous dire, madame! Je sais de quelle affection Maurice vous aime. Je vous ai oubliée par étourderie. Excusez-moi.

MADAME PERRIER

Ça ne sert à rien d'écrire de longues lettres quand on va se voir.

MAMAN PERRIER

Alors, monsieur reste à déjeuner?

MADAME PERRIER

Comme de juste. Crois-tu qu'il aura fait vingt-cinq lieues pour nous saluer et repartir sans prendre quelque chose, sans manger un morceau?

LE PARISIEN

Madame, vous êtes trop bonne. J'accepte, si je ne vous dérange pas.

MADAME PERRIER

Ouiche! Et quand vous nous dérangeriez un peu?

Sommes-nous des sauvages? Mais, vous savez, il y aura ce qu'il y aura.

LE PARISIEN

Je me régalerai d'œufs frais et de fromage blanc.

MAMAN PERRIER

Si vous comptez là-dessus, vous pouvez vous en retourner, brave monsieur. Il ne suffit pas de dire amen! pour qu'une poule ponde et que le lait caille. Nous aurons de la veine s'il reste un brin de viande chez le boucher qui ne tue que le samedi.

LE PARISIEN

Madame, je partagerai la fortune du pot. Maurice m'a tant parlé de vous que je m'imagine être déjà de sa famille.

MAMAN PERRIER

C'est drôle: il ne nous parle jamais de vous.

MADAME PERRIER

Si, maman, quelquefois. Monsieur fait sa médecine comme Maurice?

LE PARISIEN

Non, madame; je suis clerc de notaire. J'ai connu Maurice au lycée, je l'ai perdu de vue, puis je l'ai retrouvé à la musique du Luxembourg. Nous nous voyons fréquemment et nous nous aimons beaucoup.

MADAME PERRIER

En effet, je me souviens maintenant.

MAMAN PERRIER

Moi, je me souviens que Maurice ne nous parle ni de ce monsieur, ni d'un autre. Il ne desserre pas les dents.

MADAME PERRIER

Il est de sa nature peu bavard, et il n'a guère de distractions dans ce pays. Mais ses études nous coûtent si cher que nous ne pouvons lui permettre de voyager pendant les vacances.

LE PARISIEN

Oh! madame, quelle erreur! Je vous assure que Maurice ne s'ennuie pas chez lui. Il me disait en m'invitant: " Tu verras! D'abord nous parcourrons mes propriétés. "

MAMAN PERRIER

Ses propriétés! Sommes-nous donc morts? Et quelles propriétés? Une bicoque et trois mouchoirs de terre autour. J'ai soixante-sept ans, monsieur, j'ai toujours vécu de mon travail, et je travaille encore pour n'être à la charge de personne et reculer la date où, grâce aux dépenses de Maurice, nous nous réveillerons dans la crotte. Si monsieur se croit chez des gens riches, qu'il se détrompe!

LE PARISIEN

Madame, je me crois chez d'honnêtes amis. N'est-ce pas, mademoiselle Marie?

MAMAN PERRIER

Pourquoi te caches-tu derrière mon dos? Monsieur t'interroge: réponds.

MARIE

Oui, maman; oui, monsieur.

LE PARISIEN

Votre frère me parle souvent de vous, mademoiselle. Il prétend qu'il vous arrive de vous disputer. Est-ce possible?

MARIE

Des fois, il me taquine.

LE PARISIEN

Je sais que vous jouez du piano comme une grande musicienne.

MARIE

Oh! pas guère, monsieur.

LE PARISIEN

Quand terminez-vous vos études? Ça manque de charme, hein, la pension?

MARIE

J'aime mieux aller en classe que de rester à la maison du matin au soir pour laver les assiettes.

MAMAN PERRIER

Ne faut-il pas que tu travailles comme tout le monde? Te figures-tu, toi aussi, que nous sommes riches et qu'on te donnera une dot?

MARIE

Ça m'est égal: je ne me marierai jamais.

MAMAN PERRIER

Tu te marieras, si tu peux, quand on voudra de toi. Je te conseille de te fourrer des idées en tête! As-tu au moins commencé tes devoirs, ce matin?

LE PARISIEN

Madame, je réclame pour elle un jour de congé en mon honneur.

MAMAN PERRIER

Si on vous prenait au mot, vous auriez une belle embernerie dans vos jambes.

LE PARISIEN

Vous allez la faire pleurer, madame.

MADAME PERRIER

Écoute, petite, marche étudier ta leçon, et, si l'institutrice me dit que tu l'as bien récitée, je te donnerai congé demain.

MAMAN PERRIER

Moi, je retourne désherber mes artichauts.

MADAME PERRIER

Moi, je vais acheter notre nourriture. Entrez donc vous asseoir, monsieur.

LE PARISIEN

Merci, madame, je ne suis pas fatigué. J'attendrai Maurice dans la cour.

MADAME PERRIER

Comme il vous plaît. Maurice ne peut plus tarder.

LE PARISIEN

Je tiens absolument à lui serrer la main avant mon départ.

MADAME PERRIER

Votre départ?

LE PARISIEN

Oui. Où avais-je la tête? J'oubliais un rendez-vous de la dernière importance. Je dois être de retour à Paris ce soir.

MADAME PERRIER

Quoi? Sérieusement, ce soir? Alors vous prendriez le train qui passe dans une heure?

LE PARISIEN

Dame! S'il n'y en a plus d'autre après...

MADAME PERRIER

Il n'y en a plus de commode. Voyons, ajournez ce rendez-vous.

LE PARISIEN

Impossible. Je me mettrais dans de beaux draps!

MADAME PERRIER

Où déjeunerez-vous? Je n'ai plus le temps de préparer à déjeuner.

LE PARISIEN

Je déjeunerai en route, à quelque buffet.

MADAME PERRIER

Voilà un tour! Maman, hep! maman! C'est monsieur qui veut repartir tout de suite. Quelle idée! Il dit qu'il a un rendez-vous d'affaires.

MAMAN PERRIER

Ah! les affaires sont les affaires! Monsieur connaît ses affaires mieux que toi.

MADAME PERRIER

Sans doute. Je serais désolée s'il se gênait à cause de nous. Mais partir si vite! Et Maurice qui ne revient pas. Que diable manigance-t-il?

MAMAN PERRIER

Monsieur a des chances de le rencontrer d'ici la gare.

MADAME PERRIER

Que dira Maurice? J'insiste encore. Réfléchissez.

LE PARISIEN

C'est tout réfléchi, madame. Je cède à l'impérieuse nécessité.

MAMAN PERRIER

J'approuve monsieur et je souhaite que Maurice lui ressemble pour l'ordre et la conduite.

MADAME PERRIER

Vous donnerez à vos parents une mauvaise opinion de nous. Ils croiront que, mal reçu, vous aviez hâte de nous quitter. Je pensais vous garder. J'arrangeais votre chambre et je disais à la petite : " Cueille donc, par-ci, par-là, des fleurs qu'on écartera sur la cheminée. "

MAMAN PERRIER

Que monsieur emporte le bouquet avec lui. De mon côté, je me sens assez de force dans mes vieilles jambes pour grimper à l'échelle et attraper deux ou trois cerises qu'il sucera en wagon. Elles ne sont pas très mûres, mais c'est d'une espèce juteuse. Ça ôte le goût de la poussière et ça fait bonne bouche.

LE PARISIEN

Madame, je ne souffrirai point que vous vous exposiez. Je me reprocherais toute ma vie un accident. D'ailleurs, si agréable que soit votre société, permettez que je me retire: je ne m'ennuie pas, mais le temps presse.

MADAME PERRIER

Certes, le départ de nos amis une fois fixé, au risque d'avoir l'air mal élevés, nous dédaignons la sotte plaisanterie de leur faire manquer le train.

LE PARISIEN

Au revoir, mesdames! Mille choses à Maurice, je vous prie.

MAMAN PERRIER

Nous n'y manquerons pas.

MADAME PERRIER

Il sera furieux. Marie, dis adieu par la fenêtre!

LE PARISIEN

Mademoiselle, mesdames, au plaisir! Et merci encore! Si, si, de beaucoup.

MADAME PERRIER

C'est plus fort que moi. Je crois que je rêve.

LE PARISIEN

Vous ne perdrez rien pour attendre. La prochaine fois, je resterai jusqu'à ce que vous me mettiez à la porte.

MADAME PERRIER

A la bonne heure! Qu'on ne vous aperçoive pas seulement comme dans un éclair.

MAMAN PERRIER

Et que ça vaille au moins la peine de se déranger.

Premières Amies

I

Je loge au rez-de-chaussée humide et noir; elles habitent près du ciel.

Ma fenêtre donne sur la pompe et la boîte aux ordures; elles ont quatre fenêtres par où, le matin, dès qu'elles tirent les rideaux, la lumière se précipite. Et, bientôt, elles apparaissent sur le balcon.

La joue collée à ma vitre, je les attendais, et elles ne remarquent pas tout de suite que je les guette.

La jeune fille chantonne, arrose les fleurs, respire de l'air pur, cherche le soleil, frotte ses yeux blessés, et la mère va et vient et fait une fois de plus le ménage, avec les mêmes soucis. Ni l'une ni l'autre ne me devinent, et je ne leur en veux pas.

Je viens de ma province, j'arrive à peine, en bons souliers neufs, et j'ai l'intention de conquérir Paris. Mais par quel bout faut-il le prendre?

Chaque quinzaine, j'écris là-bas :
— Tout va bien.
On me réplique :
— Tant mieux, courage !
Et je passerais ma vie ainsi. Je lis jusqu'à l'écœurement. Je ne sors que le soir, poussé par la faim, et je rentre dès que je l'ai calmée ou trompée. Si la fortune frappe à ma porte, elle est presque sûre de me trouver chez moi.

II

J'espère donner d'ici peu un sens à mon bulletin de quinzaine.

Le " Tout va bien " que j'adresse aujourd'hui à ma famille signifie déjà quelque petite chose. En effet, mes voisines de là-haut savent maintenant que j'existe.

J'étais de bonne heure à mon poste, le nez écrasé sur ma vitre. La mère secouait des tapis. Tout à coup elle s'arrêta et se pencha comme quelqu'un qui regarde dans un puits. Elle m'aperçut au fond, et je vis ses lèvres remuer. Sa fille vint près d'elle et ses lèvres remuèrent aussi. Je n'entendais rien, mais je n'hésitai pas à leur prêter ce dialogue :

LA MÈRE

Tiens, un Monsieur qui nous fixe.

LA FILLE

Où donc ?

LA MÈRE

En bas et en face, au rez-de-chaussée, derrière la pompe.

LA FILLE

C'est vrai ; l'avais-tu déjà vu ?

LA MÈRE

Non, et toi?

LA FILLE

Je ne regarde jamais là. Il y fait trop sombre.

LA MÈRE

C'est quelque étudiant en droit.

LA FILLE

En médecine plutôt. Pauvre garçon!

LA MÈRE

Retirons-nous, ma fille; ça devient gênant.

La mère leva son tapis qui pendait. Elles s'écartèrent avec lenteur, l'œil à demi fermé, et les regards, avant de se détacher, s'attardèrent entre les barreaux du balcon.

Tel fut notre premier entretien.

III

Ma vie se mêle de loin à la leur, quand il fait beau, car, s'il pleut, le balcon reste désert. J'ai approché de la fenêtre mon unique table, tour à tour table de travail et table de nuit, et je surveille mes amies. J'évite d'ouvrir ma fenêtre, d'abord, à cause des odeurs de la cour, ensuite, par discrétion. Je lève seulement un coin de rideau, et je vise.

Je ne sais d'elles que leurs habitudes sur le balcon. L'envie ne me vient jamais de chercher la rue proche et le numéro où elles demeurent, et, si je m'amuse à former des projets, je ne me soucie guère d'aider au hasard.

Elles doivent être pauvres; elles ne donnent rien aux chanteurs des cours. A la première note du harpiste, elles rentrent et elles écoutent sans se montrer.

Elles vivent seules et reçoivent rarement. Quelquefois, l'après-midi d'un dimanche, une personne étrangère leur fait une visite. Elle prend une chaise, s'assied, cause un instant avec ces dames et s'en va. Elle loue vainement le balcon, la vue, l'air vif et sain: on ne la retient pas à dîner.

La jeune fille est-elle jolie? Je distingue mal. Elle a de grands yeux, et les cheveux libres. Elle me semble pâle, et j'ignore si son visage porte les marques de la petite vérole.

Ses peignoirs sont de couleur gaie, et elle ne cesse de fredonner des petits airs puérils, sans paroles. Peut-être que, comme les oiseaux, elle supprime même les consonnes.

Je laisse retomber le rideau dès que survient un camarade. Il ne manque pas, d'ailleurs, de regarder à son tour. Aussitôt il sifflote, dit: " Chouette, mon vieux, tu en as une chance! " fait du gosier: " Hum! hum! " ou, avec les lèvres, un bruit de baiser: " Bout! bout! "

Il m'agace bien, et, ce vulgaire personnage parti avec ses bottes de gendarme, je n'ose me remettre en faction, dans la crainte qu'il n'ait offensé mes amies. Voilà ma journée perdue et j'écris aux parents:

" Léger ennui. Rien de grave. Ça passera. " Arrivent les vilains temps, et je ne vois plus celles dont je ne connais pas les noms. Leur balcon se vêt de neige, ruisselle de pluie ou reflète un soleil glacé.

Est-ce une main, est-ce la bise qui fait parfois trembler ce rideau?

A quatre heures, elles allument la lampe. Cette étoile attire mes regards comme des insectes. Dans ma grotte souterraine, je me livre à mon vice préféré:

je rêve, je rêve infiniment, et je cède à la torpeur d'un long hiver.

IV

Puis c'est le brusque réveil printanier. Toutes les fenêtres se rouvrent. Ces dames commencent la toilette du balcon et sortent les plantes. Et, moi, échappé de mes ténèbres, heureux de revivre, j'ouvre aussi ma fenêtre, et je m'accoude à la barre d'appui comme si j'allais saluer mes amies et leur souhaiter la bienvenue.

Nous sommes séparés par la cour en largeur et cinq étages en hauteur, mais je ne trouverais pas extraordinaire qu'elles descendent à moi ou que, d'un saut, je monte vers elles pour serrer les mains de la mère et embrasser sa fille.

A ma vue, la jeune fille, qui taille un rosier, ne s'effarouche point, et elle appelle à mi-voix sa mère.

— Maman, maman, dit-elle, il est toujours là, mon Arthur. Bonjour, Arthur! Tu vas bien, depuis l'an dernier? Tu as embelli, fidèle Arthur!

Elle dit ces mots, comme les enfants sournois qui parlent le nez dans leur assiette. Elle m'observe de travers, et je m'imagine qu'elle s'adresse à un autre. Je cherche aux fenêtres voisines le niais dont elle se moque, et je rirais lâchement.

Je refuse de comprendre et j'ai la force d'écouter la mère qui répond:

— Oui, ton Arthur est mieux. Il a germé dans sa cave.

Et je ferme doucement ma fenêtre, ainsi qu'une personne paisible que rien n'intéresse dehors et qui prenait l'air pour sa santé.

Et je suffoque, comme si j'avais une belette à la gorge.

La Fille

Ce qui me gêne, dès le début, c'est d'avouer que cette histoire m'arriva au Moulin-Bleu. J'y vais rarement, je m'y désole et je n'y gagne qu'un mal de tête. Or, ce soir-là, comme je suivais le mouvement circulaire et que nous tournions avec monotonie, une de ces filles me dit :

— Donne-moi une cigarette !

Je lui répondis que je n'en avais pas et je m'effaçai, de peur de me poudrer à son contact.

Mais, au tour suivant, la même fille me dit encore :

— Donne-moi une cigarette.

— Je vous ai déjà dit que je n'en avais pas.

— Et celle que tu fumes ?

— Celle que je fume, je la fume, et c'est ma dernière.

— Donne-la-moi.

C'était flatteur. J'ôtai ma cigarette de ma bouche et je voulus la mettre moi-même aux lèvres de la fille. Et, sans malice, je le jure, je me trompai de côté. La fille, vivement brûlée, jeta un cri aigre et, prompte comme un clown, me donna une claque.

Que ceux qui marchaient près de moi, devant ou derrière, et qui n'entendirent pas cette claque, renoncent à toute espèce de traitement : leur surdité est irrémédiable.

Je restai étourdi, comme incendié par mes trente-six chandelles. J'aurais volontiers saisi le poignet de la fille pour l'écraser dans ma main et lui montrer quel homme exigeait d'elle des excuses complètes. Mais elle se tenait à distance, prête à se sauver, à crier en augmentant.

Et toutes ces lumières, et tous ces yeux sur moi! On ricanait, et il me parut que l'orchestre cessait de jouer. Et je demeurais stupide avec un léger tremblement.

Depuis, je me pose fréquemment cette question : " Que fallait-il faire? " Je ne le sais pas plus aujourd'hui qu'hier. C'est commode, entre hommes. On échange des cartes. On " constitue " des témoins. On a grand air de magistrat. On intéresse.

Je ne pouvais ni battre cette fille, capable de se défendre, ni d'un signe hautain la livrer au commissaire de police absent, ni "réclamer" au contrôle.

Dans l'impossibilité de me venger ou de m'évanouir par une trappe, je me décidai à braver l'évidence, et je continuai ma promenade au milieu de la foule. Je ne me préoccupai que de marcher droit, entre les coudes, et, si on venait de gifler quelqu'un, assurément ce n'était pas moi. J'eus le courage de ne point pousser la porte de sortie.

— Pourquoi sortir? J'ai le temps. On s'amuse. Il y a de belles femmes, de la musique.

Et je me remis à tourner avec les autres. Bientôt, je me sentis mieux. Les regards se détachaient de mon dos. Je me dressais, je me rajustais, je prenais de l'aisance, et je redevenais quelconque parmi les groupes changeants. Et peut-être que nous n'étions plus que deux à nous rappeler l'aventure; moi, du moins, je ne l'oubliais pas. Je me proposais même de lui donner une suite. Il me fallait un dénouement.

— Sans doute, personne ne me connaît, me disais-je. Mais, moi, je me connais. Je me trouve ridicule et je tiens à laisser mon ridicule ici. Je dormirais mal cette nuit, et je ne veux pas qu'à chaque instant " l'affaire " me revienne avec des nausées.

Tandis que je me faufilais d'un côté, la fille s'éloignait de l'autre, excitée et prolongeant de la voix et du geste une scène où elle avait joué le beau rôle. De loin je l'apercevais, et je me préparais à notre choc, car nous tournions en sens inverse et nous devions forcément nous croiser.

La première fois, ce fut critique. Quel œil! Je baissai les miens et me rasai contre le mur. Toutefois, n'osant boucher mes oreilles, par crainte de la provoquer, je ne perdis rien de ses injures renouvelées. Elle fit preuve d'éloquence.

Au deuxième tour, elle était calme. Je me permis de la regarder en souriant. Sa tête de bois se fendit un peu.

Elle me sourit, mais mon sourire était de sollicitude et, le sien, une grimace de mépris. Enfin, au troisième et dernier tour, j'allai résolument à sa rencontre et je lui tendis la main. Elle s'arrêta, étonnée, et les traits de son visage dur s'amollirent.

— Vous me refusez la main? lui dis-je avec un hoquet d'émotion.

— Je refuse ma main à un mufle, dit-elle.

— Je vous donne ma parole d'honneur, lui dis-je gravement, que je ne l'ai pas fait exprès.

— Alors, tu es une gourde, dit-elle, sans retirer sa main que je ramenais.

— Écoutez, lui dis-je insensible et obstiné, demandez-moi pardon, je vous paierai un bock et nous serons camarades.

— Soit, dit-elle après réflexion; tu as l'air plus bête que méchant, je te pardonne. Garçon, une chartreuse.

Ainsi, je la sommais de me demander pardon et elle me pardonnait. Je lui offrais un bock et elle prenait une chartreuse. Nous allions à mon but par le chemin qu'elle choisissait. Et, trop heureux, je ne rectifiais pas, de peur de tout recommencer. Nous nous assîmes, et elle me montra sa blessure, un petit point noir à la lèvre inférieure.

— J'en aurais sauté au plafond, dit-elle.

— Un peu de vaseline boriquée vous guérira, lui dis-je.

Et je lui montrai ma joue.

— On ne voit rien, dit-elle.

— On ne voit rien du dehors, lui dis-je: ça ne paraît qu'en dedans.

Elle me caressa la place et me promit de l'embrasser. Elle m'invitait de cette façon discrète. Elle se méprenait sur mes intentions.

Je m'en tins là, satisfait, réhabilité à mon jugement. Je parlais haut, je dévisageais les gens et, prodigue de mes grâces, j'appelais la fille : "Ma belle! " Elle me dit son nom et je lui forgeai le mien.

Les mêmes promeneurs qui m'avaient vu si piteux nous reconnaissaient sans surprise. Ils trouvaient naturelle cette variété dans notre attitude. Quand elle giflait, la fille voulait rire. On se dispute, on se raccommode. Tout est bien qui finit bien. Je m'accordai le temps de jouir d'une réparation si habilement obtenue, puis, allégé, l'humeur neuve, je payai les chartreuses, je laissai ma monnaie à la fille " pour son petit enfant", et, quoiqu'elle s'ébahît, si j'ose me servir d'un de ses mots, je la plaquai.

Et je sortis enfin de là, à ma gloire.

Je le crus.

Mais non, non! Une gifle qu'on ne rend point, d'où qu'elle vienne, on la garde, et, malgré mes subtilités d'homme correct, je garde la mienne et je ne sais qu'en faire. J'aurais dû la rendre à cette fille, à elle-même, en personne.

Ç'eût été ce qu'on voudra, vulgaire, lâche, indigne: c'eût été définitif. Je ne penserais plus à sa gifle; or, j'y pense souvent. Du fond de ma mémoire elle remonte jusqu'à ma joue. Elle y marque, comme la tache des poitrinaires, et elle me cuit la pommette. Chacun peut voir, j'en parle au premier venu, et j'écris ce conte pour me mortifier.

Blandine et Pointu

— Quel âge avez-vous, Blandine?

— Trente-sept ans, monsieur. Je ne suis pas de la dernière couvée du mois d'août.

— Où êtes-vous née?

— A Lormes, dans la Nièvre.

— Vous y avez passé votre enfance?

— Oui, monsieur. D'abord, je gardais les oies. Ensuite, je gardais les moutons. Ensuite, je gardais les vaches. Et puis, une cousine m'a placée comme bonne à Paris. J'ai fait plus de vingt maîtres avant vous. M. Rollin, lui, ne me payait pas. Si on trouve de mauvais domestiques, on trouve de mauvais maîtres.

— Où sont vos certificats?

— Je les jette. J'en aurais des tas, de ces papiers sales qui ne servent à rien. Je ne conserve que mon billet de naissance et mon livret de Caisse d'Épargne.

— Quelle somme avez-vous à la Caisse d'Épargne?

— Neuf cents francs, monsieur.

— Fichtre! ma fille, vous voilà plus riche que moi. Etes-vous retournée souvent au pays?

— Une fois, monsieur.

— Chez vos parents?

— Non, monsieur. Ma mère est morte en accouchant de moi.

— Et votre père?

— Mon père doit être mort aussi.

— Comment! il doit être mort aussi? Vous ne le savez pas?

— Je m'en doute, monsieur. A mon voyage, il était bien vieux et bien malade. Il doit être sûrement mort aujourd'hui. Oui, sûrement, il doit être mort.

— Vous ne lui écrivez donc jamais?

— Ça me gêne, de faire écrire par des étrangers.

— Et personne ne vous envoie des nouvelles de votre village?

— Personne n'a mon adresse. Je change trop de maîtres.

— Vous avez des frères et des sœurs?

— J'ai un frère aîné et une tapée de demi-frères et de demi-sœurs, cinq ou six, des enfants de la seconde femme de mon père. Tous travaillent dans les fermes des villages voisins. C'est encore plus pataud que moi, et ça n'a jamais vu le soleil!

— Et ils ne s'inquiètent point de vous?

— Ils ne m'ont guère connue. C'est mon oncle qui m'a élevée.

— Et votre oncle, s'occupe-t-il de vous?

— Oh! oui: un jour il m'a fait parvenir cent sous. Ce n'est pas le diable. C'est tout de même quelque chose.

— Et votre père, s'il vit, où travaille-t-il?

— Il doit travailler chez mon frère aîné.

— Et vous ne regrettez ni les uns ni les autres? Vous n'avez pas envie de les revoir?

— Ma foi, non, monsieur. Je ne voudrais revoir que ma camarade de première communion. Mais elle m'oublie à cette heure. Elle s'est mariée là-bas. Elle a du bien. Elle se moque du reste.

— Et vous? Aucun garçon de votre pays ne vous a demandée en mariage?

— Si, monsieur. J'avais quinze ans, je l'ai rebuté. Quelle dinde j'étais! Alors, il s'est justement marié avec ma camarade de première communion.

— Et aujourd'hui, vous ne songez plus au mariage?

— Pour se marier, il faut être deux. J'ai manqué le joueur de vielle. Il est loin maintenant.

— Et vous ne désirez même pas revoir votre village, ses arbres, sa rivière, la maison où vous jouiez toute petite? D'ordinaire on aime son pays. Est-ce un beau pays?

— C'est un pays comme un autre; il y en a de moins jolis, il y en a de moins laids.

— Que diriez-vous si je vous offrais un congé, si je vous payais votre voyage pour que vous alliez passer une semaine dans votre famille? Car c'est mal, Blandine, de négliger sa famille.

— Ah! elle s'en fiche, monsieur! Avec votre permission, j'aime mieux pas. J'y resterais une journée que je m'ennuierais. Et j'ai peur qu'on me prenne ma place.

— Enfin, vous souhaitez quelque chose, n'importe quoi? Vous avez un but dans la vie?

— Je désire avoir toujours une place, n'être jamais malade, et mourir avant d'être vieille, d'un seul coup.

— Vous vous plaisez, ici?

— Oui, monsieur. Il y a de l'ouvrage, mais on mange à sa faim. Et madame fait du si bon café! Oh! j'y perdrai, quand vous me flanquerez à la porte.

— Où irez-vous?

— Dans un garni que je connais. Je paierai bel et bien un sabot de chambre vingt sous par jour, en attendant une autre place. Je peux retourner à ma cuisine, monsieur?

— Un dernier mot, Blandine. Vous ne recevez aucune visite. Vous vivez comme un loup.

— Oui, monsieur, on le dit des fois: comme un cochon.

— Je m'étonne que vous ne demandiez jamais à sortir le soir.

— Pourquoi faire, sortir, monsieur? Je suis assez lasse à neuf heures. Je vais au lit, dormir.

— Ne vous fâchez pas, Blandine. Vous sortiriez pour voir votre amant.

— Un amant, monsieur? Qui donc qui voudrait d'un vieux chameau comme moi?

— Ainsi, vous n'avez personne de cher au monde?

— Si, monsieur, j'ai Pointu, j'ai votre chien.

Et Pointu même la quitte. Pointu va mourir. Depuis longtemps il est malade. Son poil tombait de sa peau écailleuse. Il a fallu le conduire chez le vétérinaire, qui d'abord trouve le cas curieux et répond du succès.

Au bout d'un mois, Pointu revient, presque guéri. Mais ce n'est déjà plus notre chien. On l'a tondu du nez à la queue. Il ne fait que trembler sur une chaise. Il a maigri. Il a toujours la fringale. Si difficile hier, il mange aujourd'hui jusqu'à du pain sec. Au nom de Pointu, il hésite à dresser la tête. Il nous regarde de ses yeux éteints. Et bientôt son mal le reprend avec violence. Pointu se dévore, le cou gonflé d'humeur. De nouveau on le mène au vétérinaire, qui commence de douter et lui mettra un séton. Il ne reste que ce moyen.

Et, ce soir, les nouvelles sont désespérées.

Le vétérinaire nous conseille de renoncer à Pointu. Personnellement, il y renoncerait.

Il attend nos ordres. Il nous demande s'il doit lui donner la fatale pilule.

Qu'est-ce qui me retient d'écrire : *oui*, d'une plume ordinaire?

J'écris seulement pour réclamer ma note. Le vétérinaire comprendra.

Et remontez la lampe qui éclaire mal. Rarrangez le feu qui ne chauffe plus. Qu'on change de figure et qu'on pense à autre chose !

Il n'y a que les hommes qui meurent. Les chiens crèvent. Pointu mort ne reviendra pas, cette nuit, gratter à la porte et gémir par la fente. Je n'irai pas lui ouvrir tenant haute une bougie qui vacille. Il ne sautera pas après moi, la langue fraîche et la peau neuve.

Cela ne peut arriver. La vie serait trop drôle.

Blandine, faites-nous des grogs très chauds. Blandine, vous ne reverrez plus Pointu.

Elle pose le plateau sur la table et se met à pleurer dans son tablier.

— Blandine, Blandine! vous êtes une grande bête.

— C'est plus fort que moi, monsieur.

— Je vous achèterai un autre chien.

— Monsieur, je n'en veux point.

— Si, si. D'abord j'en veux un, moi, et il vous consolera.

— Je ne l'aimerai jamais, à cause de Pointu.

— Vous tâcherez cependant de le soigner comme Pointu.

— Je le soignerai pour obéir à monsieur.

— Et j'espère, Blandine, que vous le sortirez chaque soir avant de vous coucher.

— Je le sortirai, puisque monsieur veut. Je le promènerai. Je lui ferai faire son pipi. Mais je ne le regarderai pas.

FIN

Notes
et
Variantes

Bibliographie

Extrait du *Journal général de l'imprimerie et de la librairie.*
Tome 40.

ANNÉE 1896

La Maîtresse, par Jules Renard. Dessins de Félix Vallotton,
in-18 jésus, 227 p. Lagny, impr. Colin, Paris, libr. Simonis
Empis. 2 fr. *Les Humoristes.* 11801

ANNÉE 1919

La Maîtresse, par Jules Renard. Illustrations de Maurice
Barraud. In-18, 162 p. Genève, impr. Albert Kundig, Paris,
Editions G. Crès et Cie, Genève, libr. Kundig.

*Il a été tiré de cet ouvrage 25 exemplaires sur vieux japon numé-
rotés 1 à 25, et 750 exemplaires sur vélin d'Arches teinté numérotés
26 à 775.*

S. D.

Jules Renard, de l'Académie Goncourt. *La Maîtresse.*
Paris, Arth. Fayard et Cie, éditeurs. *Modern-Bibliothèque,*
n° 155.

La Maîtresse et la critique

Paul d'Armon, *le Voltaire*, 20 Juillet 1896 :

" Je n'ai que quelques lignes pour signaler un livre nouveau de M. Jules Renard : *La Maîtresse* (1). Est-ce un roman ?
Peut-être, puisqu'il est construit sur un plan qui comporte
un commencement, un milieu et un à-peu près de dénouement. C'est autre chose aussi, c'est l'étude d'un amour d'épi-
derme, en ces petites phrases courtes, précises, qui claquent
sec où M. Jules Renard fait tenir tant d'ironie et de mépris. "

Jacques Yvel, *le Voltaire*, 9 Août :

" A côté des Veber's et sur un piédestal de même dimension,
il faut placer un autre écrivain qui, en quelques années, a
forcé les portes de la Renommée. Je veux parler de M. Jules
Renard. Encore un humoriste, dans le meilleur sens de l'épi-
thète.

Il avait débuté par un roman : l'*Ecornifleur*, étude amusante
un peu méchante parfois du monde bourgeois. Observateur
pointilleux, il fit paraître ensuite ses " Petites histoires naturelles" gouaches d'animaux de basse-cour, d'oiseaux et vola-
tiles domestiques que M. Jules Lemaître trouve supérieures
d'observation poussée à l'extrême, de comparaisons hardies
et neuves, à la grande Histoire naturelle du grand Buffon.
Quant à son dernier livre qui a paru tout récemment : *la
Maîtresse*, c'est un véritable petit chef-d'œuvre d'ironie à
froid, de remarques qui paraîtront peut-être un tantinet

banales au premier venu, mais qui cachent sous leur simplicité voulue, des enseignements précieux.

Il faut lire ces fins dialogues entre deux amants de rencontre; lui, Maurice, bon type de fonctionnaire que l'intrusion d'une femme dans son intérieur de célibataire égoïste met sens dessus dessous; elle, la maîtresse, aux naïvetés cocasses de petite dinde, qui aime froidement, posément, comme une personne entretenue par un vieux bien propre et bien gentil, qui souffrirait au besoin le partage mais pas avec le premier venu.

La *Maîtresse* est le livre du jour, l'ami qu'on emporte vers les plages d'or, le gai compagnon qu'on consulte, les après-midi de farniente, le livre qu'on lit et relit comme un amusant bréviaire des triviales amours. ''

Camille Mauclair, *la Nouvelle Revue*, 15 Août :

'' M. Jules Renard écrit une prose très lucide et très pure, et plein d'une causticité vive et ingénieuse, excelle à définir d'un trait exact et discret, touche à la psychologie des êtres comme à celle des choses avec un frémissement qui plaît; mais ce sont là des dons d'écrivain. Il y a en M. Jules Renard autre chose qui m'attire bien plus : l'énigme d'une âme douloureuse et contenue qui prend des précautions extraordinaires pour se voiler d'un sourire, et qu'on voudrait saisir, et qu'on aimerait bien au delà du talent et de l'agrément. On la pressent tout le temps, et quand elle s'avoue, c'est avec une pudeur si calme qu'on n'aperçoit rien. Un moment après on perçoit l'écho de l'émotion, mais déjà l'auteur sourit. S'il est possible de ne plus galvauder le nom de '' délicat '', donnons-le à M. Jules Renard, nul ne le mérite plus expressément.

La tristesse de la vie quotidienne, des aveux qui n'expliquent rien, des silences pendant lesquels les cœurs ne se comprennent plus, joue ici avec grâce un petit drame sentimental et ténu où l'on goûtera tout ce que l'art d'écrire peut ajouter au désenchantement.

L'Illustration, 22 Août :

'' Cet hiver, M. Jules Renard publiait un petit volume, d'une bien curieuse observation, sur les ridicules des animaux domestiques. Aujourd'hui il nous présente, sous forme de petites scènes dialoguées, de drolatiques silhouettes de nos semblables, ou plutôt de l'amant et de la maîtresse, en appliquant à ces modèles humains les mêmes procédés, un peu triviaux mais bizarrement humoristiques.

Pas la plus petite plaisanterie, ou tout au moins pas l'ombre d'un mot d'esprit, dans ces petites scènes d'où le cocasse jaillit pourtant, à tout instant, par la justesse du trait et l'à-propos ironique des réflexions. "

Gaston Olmer, *l'Art et la Vie*, Novembre :

M. Jules Renard a récemment publié deux livres, les *Histoires Naturelles* et *La Maîtresse*. Dans le premier, il décrit minutieusement les animaux domestiques, dans le second les amants; il y a donc d'étroits liens de parenté entre les deux ouvrages. Car, pour M. Jules Renard, les amants semblent être surtout des bêtes curieuses à observer et à crayonner; comme il le dit lui-même, son éducation sentimentale a été très négligée.

C'est, avant tout et malgré tout, un homme de lettres : il ne peut rien voir sans songer aussitôt à la belle page à écrire; son cas n'est d'ailleurs pas unique et beaucoup de jeunes et de vieux littérateurs sont atteints de cette infirmité. Hier c'était Goncourt qui sténographiait les conversations entendues dans les dîners et les soirées; c'est aujourd'hui M. Jean Lorrain qui nous dit hebdomadairement les faits et gestes des étoiles de café-concert et les pensées de la noblesse de robe. M. Renard ne se contente pas du moins de transcrire servilement les choses vues ou entendues : il dégage de la réalité les traits essentiels et les accuse profondément, comme fait d'ailleurs son illustrateur Valloton; mais le style de Jules Renard reste toujours exquis et savoureux.

Pour notre plus grande joie il a mis en scène deux amants bien modernes, les a dépouillés de leur enveloppe mondaine, a exposé leurs sentiments à nu, au grand jour. Les voiles de bienséance dont nous cachons soigneusement nos âmes sont ici écartés et le couple apparaît dans tout son cynisme; nous sommes loin de la passion poétique et idéalisée; point de générosité ni d'abnégation; c'est la lutte brève, puis l'accord de deux égoïsmes; c'est l'amour tel que le connaissent la majorité de nos contemporains et aussi de nos contemporaines. Les rapides dialogues de M. Jules Renard sont l'expression profonde et forte de notre impuissance sentimentale; ils découvrent les hypocrisies latentes, les compromis déshonorants et généralement acceptés; parce que ces dialogues sont gais, trop de lecteurs ignorent combien ils sont sérieux. Beaucoup de jeunes gens ont médit de l'esprit et ont dit bien des sottises. Drapés dans leur précoce austérité ils se sont méfiés de la joie bruyante et ils ont systématiquement méprisé les sourires, même pincés; c'est la fameuse génération née au lendemain de la guerre ou pendant l'Année Terrible. Son action sera sans doute bienfaisante, — comme d'ailleurs toutes les actions; il était bon que le calembour vide et creux fût apprécié en termes sévères et que l'illustre esprit des boulevards fût estimé à sa juste valeur, c'est-à-dire à zéro. Je ne vois nul inconvénient à desceller de leurs socles d'asphalte Aurélien Scholl et Pierre Véron et je suis même reconnaissant à ceux qui les renversèrent. Mais je leur en veux d'avoir, de parti pris, repoussé tout ce qui leur semblait drôle et de n'avoir point vu que les idées les plus intéressantes peuvent emprunter une force plaisante; s'ils risquent d'échouer en la lutte qu'ils ont entreprise, c'est pour n'avoir point songé à utiliser la merveilleuse arme qu'est l'ironie; ils oublient que Rochefort, Meilhac et Halévy détruisirent cet Empire contre lequel ils gardent une haine persistante; car ils aiment à répéter qu'ils en paient encore les lourdes dettes. Toute génération en laisse à sa suivante et la liquidation de tous les siècles se solde par un passif exagéré. Ils ont donc confondu le jeu de mots et l'esprit réel, qui pénètre, qui montre les ridicules ou les tares, l'esprit de Molière, de La Bruyère, de Beaumarchais, et, toutes proportions gardées, de Jules Renard; car il est de race classique par son style sobre et sa logique impeccable; et voici que les quelques pages qu'il consacre à l'amour sont plus attachantes et plus probantes que la psychologie touffue et peu compliquée au fond, de Marcel Prévost, Hervieu ou même Paul Bourget. Il ne nous dépeint pas une passion élégante et tragique; il décrit la liaison banale, que nous connûmes presque tous.

Ce sont d'abord les causeries de Maurice et de Blanche, non pas en un boudoir exquis, mais dans la rue, sous l'œil bienveillant des gardiens de la paix; c'est ensuite la promenade sentimentale, non dans le parc des ancêtres toujours baigné d'un complaisant clair de lune, mais au Bois de Boulogne, par une nuit noire; les amants n'ont pas le coupé armorié et confortable; ils en sont réduits au fiacre sale dont le cocher est naturellement grossier et ivre; enfin Maurice ne loue pas un rez-de-chaussée luxueux pour recevoir son amie; il lui offre l'abri de sa chambre d'hôtel, qu'il loue trente francs par mois. C'est en de semblables décors que se succèdent le plus généralement les étapes de l'amour; ils ne prêtent pas à l'illusion; il faut être riche pour habiller ce sentiment si bien et si douillettement qu'on l'aperçoit à peine et qu'on chérit surtout son costume. Mais les pauvres ne peuvent se créer une douce atmosphère de mystère et, s'ils sont clairvoyants, rien ne leur cache la bassesse et le ridicule des actes qu'ils accomplissent : il est difficile d'idéaliser une femme qui arrive crottée au premier rendez-vous.

Les amants que nous montre M. Jules Renard n'ont pas

et ne peuvent avoir d'illusion; ils ne se soucient pas de grands sentiments; Maurice songe que Blanche *doit être bonne à embrasser* ; Blanche pense qu'il ne doit pas être désagréable d'être embrassée par Maurice. Mais, en femme pratique, elle veut, *avant tout, la tranquillité*. Maurice étant pauvre, elle acceptera son cœur et non sa chaumière; elle lui préfère un bon appartement que paie un vieil ami; elle exige que Maurice ne cherche jamais à savoir d'où vient l'argent, et Maurice finit par y consentir. Ce n'est pas qu'il aime follement Blanche; mais c'est une maîtresse commode, honorable et qui ne lui coûte rien. Il accepte la situation, et, si dans un moment d'honnêteté, il écrit l'*inévitable lettre* de rupture, pleine d'éloquence et de vérité, il se hâte de la brûler. Evidemment la morale la plus élémentaire condamne l'amant qui, sans avoir l'excuse de la passion, accepte un pareil partage. Mais, au fond, l'aventure est banale, — et c'est peut-être ce qu'a voulu montrer M. Jules Renard. Il n'a pas flétri son héros avec des grands mots et des expressions sonores; il s'est complu à nous faire voir que chacun de nous était capable de cette ignominie. Car Maurice est un homme comme nous; il ne volerait pas un centime à son semblable et repousserait avec horreur sa maîtresse si elle voulait payer sa place en omnibus. Mais il s'enorgueillit de la toilette qu'un autre lui offrit.

Et c'est l'histoire mélancolique de toutes les petites liaisons sans amour. ''

Jean Viollis, l'*Effort*, Novembre :
'' M. Jules Renard nous présente sa dernière et résignée grimace, *La Maîtresse* est aussi implacable que Mme Vernet ou Mme Lepic. M. Jules Renard est barbare pour ses héros; il les déchiquette à petits coups d'ongle; ce sont des écorchés qui feraient les gestes de vivre; ils sont ridicules et douloureux. — Mais, à ce jeu, M. Renard doit souffrir lui-même; un geste sincère doit lui être difficile; à saisir tout d'abord le ridicule d'une attitude, on connaît le malheur de se sentir vivre à côté; peut-être n'en est-il pas responsable, peut-être fut-il le Poil-de-Carotte qu'il nous a dit. — Quoiqu'il en soit, la notoriété lui vient sans qu'il l'ait cherchée; le nombre de ses lecteurs sera toujours restreint, mais des lecteurs le comprennent et l'aiment. C'est toujours une joie, d'avoir un peu crispé ses contemporains.

Oui, mais il doit se dire que M. La Jeunesse est bien dur pour Eloi ''.

Variantes

La première partie de *La Maîtresse* parut dans le *Rire* sans interruption du 16 novembre 1895 au 4 janvier 1896, avec les dessins de P. Vallotton.

L'*Invité Sylla* parut au *Supplément littéraire* du *Figaro* le 11 novembre 1893. À l'*Echo de Paris* parurent *Aller et Retour* sous le titre l'*Aimable accueil* le 23 décembre 1895 ; *Premières Amies* le 24 janvier 1896 ; *La Fille*, le 31 octobre 1895 ; *Blandine et Pointu* le 17 novembre 1895.

Les variantes que nous donnons ici sont constituées par les différences qui existent entre ces textes et celui de l'unique édition de 1896.

Page 4 Ligne 5   ... autant que *je pourrai*...
Page 8 Ligne 2   ... qu'une causerie amicale...
—   —   14   ... comment il l'aime, *et il ne se trompe point : il l'aime d'amour sentimental.* Il ment,...
Page 9 Ligne 17   ... sans épouvante, *comme on souffle, par habitude, sur une glace trop froide*, car à cette heure...
Page 12 Ligne 26   ... *et savourons-la quand même.*
Page 14 Ligne 9   Donnez votre main *gauche* dans ma main *gauche* et... fera ma main *droite*.
Page 18 Ligne 27   Généreux Maurice ! je *lève* cette question

               brûlante... *Tout à l'heure* vous le disiez, j'ai de l'ordre.

Page 21 Ligne 23   ..., je risque un accident.

Page 28 Ligne 8   J'ai cru que *les yeux du patron de l'hôtel allaient partir*, quand je suis passée...

Page 32 Ligne 3   Je sais que son mari est *sorti*.

Page 59   Dans le *Rire L'Inévitable Lettre* débute par les mots : Si nous en restions là ! (Page 60 Ligne 5.)

Page 60 Ligne 27   ..., je cours après.

               Et de nouveau le vieux sifflait, plus bas, d'autres mots... (Page 61 Ligne 2.)

Page 62 Ligne 11   ..., brusquement, sans frapper.

               Et perdons un moment de vue... (Page 133 Ligne 3.)

Page 75 Ligne 5   *Ah dame !* dit M. Bornet, nous recevons peu, mais...

Page 76   Dans l'*Echo de Paris* le dialogue débute ainsi :

               Le Parisien. — Personne ?... Quelqu'un, s'il vous plaît !... Madame, c'est bien ici la maison de Monsieur Maurice Perrier ?

               Madame Perrier (*qui se dresse dans les artichauts du jardin*). — Oui, Monsieur (Page 77 Ligne 5.)

Page 77 Ligne 24   ... décachetée.

               Le Parisien. — Rentrera-t-il bientôt, Madame ?

Page 78 Ligne 28   ... à la campagne !

               Mme Perrier. — Je vous rends votre lettre, Monsieur !

               Le Parisien. — Vous pouvez la lire,... (Page 79 Ligne 7.)

—   — 31   J'accepte, *s'il n'y a aucune indiscrétion.*

Page 80 Ligne 22   Le Parisien. — *Pardon*, Madame; je suis clerc de notaire.

               Mme Perrier. — En effet, je me souviens maintenant (Ligne 11.)

Page 85 Ligne 7   ... que je me retire; le temps presse.

TABLE

Achevé

de typographier

et d'imprimer

pour la première fois

le premier jour de Novembre

mil-neuf-cent-vingt-six

sur les presses de

FRANÇOIS BERNOUARD

73, Rue des Saints-Pères

(Près la Seine)

PARIS